L'ange transtibétain

Éditions Verdier
11220 Lagrasse

Du même auteur
chez le même éditeur

Narrateurs sans âmes
traduit de l'allemand par Bernard Banoun, 2001

Opium pour Ovide
traduit de l'allemand par Bernard Banoun, 2002

L'Œil nu
traduit de l'allemand par Bernard Banoun, 2005

Train de nuit avec suspects
traduit du japonais par Ryoko Sekiguchi
et Bernard Banoun, 2005

Le Voyage à Bordeaux
traduit de l'allemand par Bernard Banoun, 2009

Journal des jours tremblants. Après Fukushima
traduit de l'allemand par Bernard Banoun, 2012

Histoire de Knut
traduit de l'allemand par Bernard Banoun, 2016

En éclaireur
traduit du japonais par Dominique Palmé, 2023

•

Le Sommeil d'Europe
traduit de l'allemand par Bernard Banoun, La Contre Allée, 2018

Aventures dans la grammaire allemande
traduit de l'allemand par Bernard Banoun, La Contre Allée, 2022

Yoko Tawada

L'ange transtibétain

Roman

Traduit de l'allemand par
Bernard Banoun

Postface par
Sven Keromnes

Collection « Der Doppelgänger »
VERDIER

Collection dirigée par
Jean-Yves Masson

www.editions-verdier.fr

Titre original : *Paul Celan und der chinesische Engel*

ISBN : 978-2-37856-162-8

L'ange transtibétain

À Berlin,
durant les premiers temps de la pandémie en 2020.

Personnages :

Patrik, ou Je, ou le patient :
Jeune chercheur en littérature passionné par l'œuvre de Paul Celan, en particulier le recueil *Soleils de fil.*

Léo-Éric :
Personnage réel ou imaginaire venu d'Extrême-Orient, avec lequel Patrik s'entretient.

Une cantatrice américaine vivant apparemment à Berlin, et admirée par Patrik.

I

Croissance chantable

À chaque carrefour, le patient regrette de n'avoir pas sur lui un dé qui déciderait à sa place s'il faut aller tout droit ou tourner. Aller tout droit, cela veut dire traverser la rue suivante. Ignorer le feu qui est au rouge, ou s'arrêter ? Il serait trop prosaïque pour lui d'attendre sagement que le feu passe au vert, ignorer la couleur du sang serait trop risqué. Et si par hasard le feu était vert ? Cela non plus ne serait pas une solution. Car le hasard n'existe pas. Ou s'il existe, il est truqué.

Vert, non, rouge non plus. Ne lui reste plus que la zone intermédiaire neutre du feu jaune. L'œil jaune coing reste ouvert deux secondes avant de se refermer. Pour profiter de cet espace de temps, il faudrait se métamorphoser en panthère. Le patient, qui n'est pas une panthère, fera mieux de renoncer totalement à franchir le dos du zèbre puis de tourner sur la gauche. Il se trouve heureusement sur la partie gauche de la rue, ce qui n'est pas un hasard puisqu'il prend toujours à gauche en sortant de l'immeuble, que ce soit le sien ou celui de sa copine.

S'il prenait sur la droite, il tomberait bientôt sur une supérette où travaillent une caissière au mauvais œil et une autre au regard miséricordieux. Laquelle des deux lui prendra son argent ? Entrer dans un supermarché, c'est la roulette russe.

Il prend sur la gauche et arrive donc bientôt à un café. En passant devant, il observe les clients qui boivent leur café, il moissonne leurs visages comme des épis d'or. Il note un front, un front intelligent, celui d'une femme. Le souffle du patient se fait plus saccadé et la sclère de ses yeux s'illumine. Le collier d'argent de la femme scintille comme la Voie lactée, et ses lèvres bavardent inlassablement. Face à elle est assise une autre femme coiffée de la même façon. Soudain, la bouche de la femme se tait. Qu'il est merveilleux, ce moment où un silence se fait et où les lèvres s'entrouvrent, mais sans voix, comme pour donner un baiser au patient. Le baiser ne sera pas pour cette fois. Le scénario n'en est pas encore écrit. Le patient n'arrive pas à écrire car il trouve que les mots habituels sont laids. Par exemple, l'expression *donner un baiser* a un goût de salade de concombres. On pourrait remplacer l'expression par celle-ci : *plaisirs linguaux de la nuit*. Mais alors, ce serait du plagiat.

Le regard du patient se fait plus critique, plus froid lorsqu'il observe les lèvres de l'inconnue. Elles ont quelque chose qui ne va pas. Ces lèvres sont disposées à l'horizontale comme deux morceaux de chair morte. D'où ce défaut de structure, une lèvre se trouvant au-dessus de l'autre comme pour signaler que c'est elle la *lèvre supérieure*. La moindre hiérarchie suffit à attrister le patient. Les lèvres devraient être verticales et jouir des mêmes droits. Alors qu'il est en train de trop réfléchir, se produit ce qu'il redoute le plus : les lèvres absolument idéales apparaissent devant lui. Elles n'ont ni forme ni couleur. Sont parfaites, mais mortes. Le patient tousse violemment dans son coude, couvrant la moitié de son visage. Puis il laisse retomber son bras, sourit timidement et s'efface devant un passant. Je n'en ai pas besoin, non, je m'en sors sans donner de baisers, vraiment, je vous en prie, passez donc, vous savez, pour être honnête, je ne supporte pas le contact intense en ce moment. Profitez donc à ma place de tout ce qu'on propose ici. Je suis sûr que vous me remplacerez dignement.

Le patient est surpris, car la personne qui se tient derrière lui pour le remplacer n'est pas un homme mais une femme. Les femmes font beaucoup de choses mieux que les hommes et il n'y a rien de répréhensible à se faire remplacer par une femme. Pour être honnête, il ne croit même pas que cela relève de la tradition des rôles travestis, mais il se dit que c'est lui qui porte par mégarde un pantalon. Il faudrait qu'il l'enlève, et comme il ne pourrait pas se rendre au travail dans une telle tenue, il préfère rester au lit. Tomber malade est une chose, se mettre en arrêt maladie en est une autre. Le médecin clique les mots sur l'écran. Fatigue, apathie, manque d'appétit, difficultés de concentration, troubles du sommeil : rien que des mots inventés! Le patient sait bien que tous les mots sont inventés, et pas seulement ceux-ci, il sait bien qu'ils n'ont pas germé dans la terre.

Il lui faut une remplaçante, c'est clair. Radin, l'institut ne finance qu'un demi-poste, c'est-à-dire qu'il ne paie qu'un demi-chercheur. Un demi-humain ne peut pas rester en bonne santé. Son autre moitié, celle qui n'a pas de poste, tombe malade elle aussi. Les deux moitiés de malade sollicitent deux consultations entières chez leur médecin. À l'institut, on a besoin d'une remplaçante avec deux mains. En fin de compte, il s'agit de deux personnes, et pas d'une demi-personne. Pourquoi l'institut n'a-t-il pas d'emblée créé deux postes?

Le patient veut tendre la main à sa remplaçante, mais il ne voit plus de femme et sa main flotte en l'air sans but. Bizarre. Voici un instant à peine, elle était debout derrière moi. Elle a peut-être perdu courage. Qui, désormais, franchira à ma place la porte à battants ?

Le patient aperçoit au loin une silhouette bien découpée. Une dame qui, telle une comète, arrive de la même direction que lui. Il a honte. Sa chemise déteinte, des boutons qui manquent, un porte-monnaie ne contenant que quelques pièces. La dame est la fleur entre toutes les fleurs. Le parfum de camomille lui monte au nez, le picote jusqu'au cerveau. Le patient voudrait s'agenouiller. Car c'est une *prima donna,* elle tient toujours le rôle principal, c'est une diva, mais avec la modestie d'une ornithologue. Chaque pas, elle le pose en mesure, et pourtant sa démarche n'a rien de saccadé, elle n'est qu'un long souffle élégant que rien n'interrompt. Elle marche d'un pas doux et décidé, sans hésitation elle franchit la porte à double battant.

Le patient est rempli de fierté. La plupart des mélomanes croient que cette cantatrice vit aux États-Unis, lui seul sait qu'elle vit à Berlin. Elle habite même dans son voisinage, quelque part à droite de chez lui, sans quoi elle ne serait pas toujours derrière lui.

Il prend toujours sur la gauche quand il sort de son immeuble. Il ne quitte guère son immeuble car il ne quitte guère son lit. Il ne se rappelle pas quand il a quitté son oreiller pour la dernière fois. Quand le médecin l'interroge, il répond qu'il va se promener chaque matin. Il le dit pour faire plaisir au médecin, mais curieusement, la blouse blanche lui recommande de rester à l'intérieur : il serait irresponsable de sortir, surtout quand on n'est pas capable d'identifier un danger invisible. Mais le patient est plus rapide qu'une personne émotionnellement stable à identifier un danger. Passant outre à la mise en garde du médecin, il sort. Il sort chaque matin, ou bien il ne sort jamais : il ne sait pas trop.

À gauche dans sa poitrine, le cœur bat à un rythme accéléré, à droite le jour se termine avec l'achat de lait au supermarché. Sans lait, il trouve que le café a un goût de brûlé. Et avec du café, c'est le lait qui a un goût de brûlé. Le lait qu'il achète ne contient que 3,5 % de mère. Le reste est paternel. Le lait est aqueux, avec un goût un peu salé. Personne ne veut lui dire où l'on peut acheter du lait plus épais.

Aucune direction n'est entravée par un mur et l'on peut aller où l'on veut. Mais si les choses tournent au sérieux, il reste une direction et une seule : celle qui va des coulisses à la scène. En réalité, le mur épais qui les sépare est en velours, le rideau est lourd, mais n'importe qui peut l'ouvrir. Une partie de la scène est éclairée sans merci, c'est l'endroit où doit se placer la cantatrice. Une fois qu'elle a franchi le seuil, plus question de revenir en arrière, et personne, pas même cette artiste expérimentée, ne contrôle parfaitement ses propres cordes vocales, car les voix n'appartiennent pas seulement à l'humanité. Si l'être humain est lâché par sa voix, personne ne peut lui venir en aide, pas même le firmament de l'art semé d'étoiles dorées. Les musiciens qui jouent des vents, des cordes et des percussions remplissent l'espace de son, à l'extrême, pour créer, l'instant d'après, un grand silence où la *prima donna* doit attaquer toute seule sa première note. Il y a toujours un chant à chanter, mais auparavant il faut créer le silence dans lequel ce chant pourra naître.

La voix ne sort pas de sa bouche. Elle commence ailleurs. Quelque part en l'air, très haut, où lui fait signe un ange invisible. Personne, dans le public, ne peut localiser ce son.

Le patient garde les yeux rivés sur l'étui en plastique du DVD, ce sont les battants de la porte derrière laquelle la cantatrice a disparu. Il observe les clientes du café. On dit que les femmes sont la moitié de l'humanité. Mais ce compte ne peut pas être juste. Elles sont clairement plus de la moitié. Sinon, le système s'effondrerait. Où qu'il regarde, les femmes sont plus nombreuses que les hommes. Les femmes montrent leur peau au soleil. Bras éclatants, nuques semées de taches de son et un V entre les seins couverts. Il y a aussi des femmes qui rejettent leur opulente chevelure en rapprochant leur visage du patient. Pour ne pas être dépassé par la situation, il recule à petits pas. Déjà ses pieds ressentent le bord du trottoir. Un pas de plus en arrière et il tombera du haut du pavé.

Seuls les bourgeois ont le droit d'aller à la salle de concert. Même s'il pense en son for intérieur que la bourgeoisie n'est pas meilleure que le peuple, seulement un peu plus arrogante, le patient voudrait en être. Car la cantatrice se donne tant de peine et elle chante en italien. Par gratitude, ils votent populiste ou, comme dit le patient, *peupliériste.* Quand on veut éviter le mot *people,* on écrit peuplier. La diva, modeste et travailleuse, apprend le livret russe, elle chante, et le peuple soutient l'autocrate. Le patient ferme les yeux pour être seul. Il préfère se trouver dans un auditorium vide. Vide, cela veut dire aussi rempli de morts. Comme aucun mort n'achète de billet d'entrée, la salle de concert est officiellement vide. Les morts apparaissent dans les statistiques, à part cela ils restent invisibles et vont là où il y a de la musique. Lui aussi, se dit le patient, il devrait être mort pour être de la partie. L'idée d'être mort lui plaît, ou mieux encore : celle de devenir mort. Comment devient-on mort ? Ce n'est pas la même chose que mourir. Être joyeusement mort et toujours de la partie.

Arrivé là, il se caresse le front avec trois doigts. Un geste qui l'apaise. Il ne veut pas trop penser, il veut marcher. Marcher, c'est penser sans mots. Il a du mal à éloigner de sa tête les mots d'écume. Son cerveau n'est pas un espace. C'est une masse compacte de mots sans rapports les uns avec les autres. Et il n'y a pas que son cerveau : le moindre poil de ses sourcils et de ses cils est fait de mots. L'estomac est plein de mots qu'il ne digère pas. Ce matin, au petit déjeuner, il a mangé le mot *pain.* La veille ou l'avant-veille ou un autre jour situé en tout cas dans le passé, il s'était acheté du pain de mie au supermarché. Il lui fallait absolument du lait, il avait tourné à trois coins de rue, chaque fois sur la gauche. C'est ainsi qu'il était arrivé jusqu'au supermarché, où le mot *mie* avait sonné comme *amie.*

Tranche est un mot délicat, on le dirait tramé de soie. Une tranche de pain. Cela sonne comme un corps de femme chaud enveloppé dans un tissu de soie. Pas la femme entière, mais une fine tranche d'elle. Même si le lait a un goût de brûlé, il y a dans le pain une tranche d'espoir. Le patient croit ne manger que des mots. En réalité, il digère tout ce qui va avec les mots. Sans doute avait-il mangé le pain en même temps que le mot *pain,* puisque comme toujours, il avait faim sans avoir d'appétit.

Chaque jour à la même heure, il observe la belle cantatrice. Il trouve amusant qu'elle ne sache apparemment pas qu'il sait qui elle est. Sous prétexte qu'elle porte une capeline classique, de larges lunettes de soleil et un ample foulard lui couvrant la bouche, elle s'imagine que personne ne la reconnaît. Elle ne sait pas que le patient reconnaît les gens à leurs doigts, pas à leur visage. Autrefois, quand il était debout au dernier rang du poulailler, la cantatrice, sur scène, n'était pas plus grande qu'un dé à coudre. Il ne distinguait pas ses doigts. Depuis la fermeture des salles de concert, le patient est toujours au premier rang chez lui. Jamais la scène n'a été aussi proche. Quand il se met au lit au retour d'un espace musical digital et dort toute la nuit les yeux ouverts, un jour clair l'attend. Autrefois, les jours gris sur gris étaient fréquents. Désormais, tous les jours sont uniformément irradiés et frappés par le soleil, et la ville est bidimensionnelle. C'est au patient lui-même d'ajouter les ombres pour continuer à penser en relief.

Entre-temps, toutes les scènes ont rouvert. C'est du moins ce qu'on dit. Mais le patient a désappris l'usage des moyens de transport. Il n'arrive plus à se positionner sur le quai de façon à éviter qu'un fou ne puisse le pousser sur la voie. Rien que les escaliers menant au quai sont un problème. En les descendant il pense à l'enfer, en les montant à l'échafaud.

Sortir de chez soi. Ce serait le premier pas. Comme citoyen, il a le droit de quitter la réalité à tout moment. Debout sur le trottoir, il peut être sûr que la cantatrice arrivera sur sa droite. S'il prend sur la droite, la rencontre ne durera pas plus d'une seconde. Il prend sur la gauche et la célébrité le suit. Il a peur qu'elle, n'ayant pas peur, continue tout droit son chemin tandis que lui, incapable de traverser la prochaine rue, sera obligé de prendre sur la gauche. Il a la surprise de la voir tourner sur la gauche et entrer dans le café. Dedans, ce doit être frais, sombre et agréable. Mais, même si le soleil est trop fort pour tout le monde, personne n'ose vraiment s'installer à l'intérieur. Les sans-abri, eux, de toutes les façons, sont exposés à sa lumière à longueur de journée. Et pour ceux qui peuvent s'offrir l'ombre réparatrice, s'asseoir en terrasse tient de l'alibi. Quant à l'hiver où les gens pourront se remettre d'un été calamiteux, le clore véritablement, cet hiver ne viendra pas. Et à défaut d'hiver, il manquera aussi le printemps.

Autrefois, entre les actes, il y avait ce qu'on appelait les entractes : le rideau se ferme et le public ne voit plus la scène. Le patient était vexé. Comment la cantatrice peut-elle lui imposer de ne plus rien voir ? La tête penchée, il gagnait le promenoir et se retrouvait tout d'un coup au milieu d'une masse humaine. La plupart des gens étaient des couples aisés aux cheveux argentés soigneusement ondulés. Le désespoir le poussait à commander au comptoir un verre de mousseux dont l'acidité le démangeait intérieurement. Les gens se tenaient les uns près des autres, lui se sentait d'autant plus seul.

C'en est fini, par bonheur, de la solitude des entractes. Dans le pays entier, les pauses sont interdites. Plus de récréations dans les cours d'école. Plus de pauses dans les champs d'asperges. Les salles de concert avec entracte sur entracte sont fermées. Il ne reste désormais plus que de brefs applaudissements entre deux actes sur un DVD, et le spectacle reprend sans entracte. Assis au premier rang, le patient savoure cette vie nouvelle. Il jouit d'une vie sans entracte. À l'école, il détestait les récréations. Pendant le cours, il pouvait se concentrer sur la maîtresse, qui appréciait cet écolier calme et doué. Et puis il y avait de la matière à apprendre, sur laquelle il pouvait travailler. Pendant les récréations, les repères lui manquaient.

Laissant là le bâtiment scolaire de son souvenir, le patient marche vers la grande porte à battants. Pour qui se sent assez fort, aucune porte n'est verrouillée, se dit-il. Mais cette porte à battants est une femme et seule une femme peut l'ouvrir. L'espace intérieur aussi est une femme. Bien sûr, cette femme n'est pas une matriochka. Même si elle en était une, je ne suis pas un Casse-Noisette pour danser avec elle. Je reste dehors. Ça ne me dérange pas. De toute façon, je n'aime pas les poupées. Une jeune fille poupine pue le pipi. Je l'ai souvent dit à ma copine. Ce qui me plaît, c'est une femme mûre, artiste et plus célèbre que moi. Ma copine éclate d'un rire moqueur et demande : Tiens, tu es célèbre, toi? Et depuis quand? Il y a deux personnes qui te connaissent : ta mère et moi. Le visage de ma copine se fendit en deux moitiés et laissa apparaître le visage de ma mère. Est-ce que toutes les femmes sont une seule et même matriochka? Combien de fois me faut-il traverser l'apparence d'une femme pour donner un baiser à une strate plus profonde?

Dans le noyau de la tête, un chien se met à aboyer. Ce ne sont pas que des aboiements, mais aussi des hurlements et des hennissements. Tais-toi! Je dois faire le tri dans mes pensées! Chaque aboiement heurte depuis l'intérieur la sensible paroi de verre de son front. Le patient donne quelques coups de pied à la bête, qui aboie de plus en plus fort. Soudain, le silence se fait, le patient sait que son entrée est attendue, mais il ne connaît aucun air qu'il puisse chanter. Pourquoi ai-je fait du mal au chien? C'est Aorta, mon chien adoré. Combien de fois l'ai-je embrassé en pleurant? À l'époque, quand, la tête embrumée, j'avais saisi mon couteau à fruits, il avait bondi gaiement sur mes genoux et j'avais laissé retomber le couteau. Son propriétaire précédent, qui le battait, l'avait abandonné en forêt, mais à moi, ce husky de Sibérie vouait une pleine confiance. Il avait été recueilli par un photographe américain en quête d'espèces de cèdres particulièrement rares, qui l'avait conduit dans un refuge. J'avais lu l'annonce dans un journal local et j'étais allé le chercher. Dès le premier jour, il mangeait dans ma main : biscuits, chips, feuilles d'automne. Aujourd'hui encore, je sens sa langue de chien, chaude, rêche, sur ma paume et entre mes doigts. Pour mes parents, le chien s'appelait Franz. Je ne leur ai jamais révélé son vrai nom. Aorta! Ce nom, c'est un secret personnifié qui demeurera à jamais dans mon cœur, même quand je serai sous terre.

Ils prétendent que je suis malade parce que je sors de chez moi tout en restant à la maison. Il existe une maison du souvenir. La quitter, c'est entrer dans une autre maison. Il n'y a rien de contradictoire à rester dans un monde tout en le quittant. Lui, il peut faire son entrée tout en se retirant. Il peut rester un patient tout en étant un Je.

Le patient se nomme Patrik. L'une de ses stratégies de survie consiste à se désigner parfois lui-même, dans son monologue intérieur, comme « le patient ». *Je,* pour Patrik, c'est le pronom personnel, la première personne, et donc la plus importante dans une solitude singulière. La troisième personne est une issue de secours. Car il n'est pas sain de prononcer toujours le débonnaire mot *je* et de parer les verbes allemands d'une même désinence. Possède, pense, mange, aime, lave, achète. En voilà une monotonie ! Quel compositeur permettrait à son librettiste de terminer toujours sur un *e* ?

Il n'est pas rare que Patrik se sente enfermé dans une prison de la première personne. La clé qui permettrait de le délivrer à tout moment de sa cage repose dans sa main. La porte ne s'ouvre pas si facilement. Mettre ce truc en fer dans la serrure et tourner, ça fait mal. Un homme moderne doit vouloir l'ouverture. Ouvrir, cela fait mal. Fermer, cela apaise.

Le trou de la serrure est le trou de son oreille. Un sang épais lui coule de l'oreille. Même si cela fait mal, mieux vaut parfois être un patient qu'un Je. Sinon, il a beau respirer, il n'a plus d'oxygène. Un seul pneumothorax, c'est encore supportable. S'il en a plusieurs à la suite, cela lui donne la fièvre. Et s'il a de la fièvre, il n'est pas obligé de se rendre à l'aéroport.

Quand Patrik s'était inscrit au colloque Paul-Celan de Paris, le comité d'organisation lui avait répondu par une question.

« Quelle est votre nationalité ?

— Pourquoi cette question ?

— Selon la nationalité, c'est telle ou telle fondation qui prendra en charge votre vol. »

Patrik répond RFA et regrette d'avoir employé l'abréviation. C'est lâche de parler uniquement en majuscules. Je suis un AT de l'IRLB et je viendrai au CIPC par AF : c'est ça, une réponse modèle ? Mon amour-propre n'est pas de taille à s'exprimer en minuscules. Les majuscules protègent les gens. Par la suite, il avait écrit aux organisateurs qu'il ne souhaitait pas participer au colloque car, semblait-il, on y attachait de l'importance à l'origine des gens.

Je suis né à Francfort et, quand je dis cela, les petits futés aux langues bien pendues s'exclament aussitôt : Ah ! Francfort-sur-l'Oder, à la frontière polonaise ! Non, je suis né sur les rives du Main. Le Main est un affluent du Rhin, qui n'est pas une possession de l'Allemagne. Mais qui parle ici de posséder ? Je parle de ce qui coule. Je sais bien qu'aucune fondation ne veut jeter l'argent dans l'eau courante. Stop ! Le patient ne veut pas penser, il veut marcher. Marcher, c'est penser rythmiquement sans virgules. Il oublie totalement qu'il s'appelle Patrik, il marche vaillamment avec ses jambes qui n'ont que faire d'un nom propre. Les jambes sont les jambes. La tâche d'aujourd'hui est de sortir de chez soi et de faire dix mille pas. C'est facile de quitter son domicile. Il faut avoir quitté la maison de ses parents pour commencer sa vie. La vie se trouve d'abord dans une rue vide. Mieux vaut prendre sur la gauche. Patrik a un frère cadet qui a quitté lui aussi la maison familiale à dix-huit ans. Il ne s'est pas orienté vers la gauche, mais vers la droite. Cela le gênait, que son aîné ait les cheveux longs, qu'il passe son temps dans un café et qu'il lise des livres de bonnes femmes. Le patient n'est pas sûr d'avoir réellement fréquenté si souvent un café. Il ne sait pas non plus s'il a réellement un frère d'extrême droite. Il ne connaît que trop bien ses lèvres intérieures, qui aiment mentir. Elles mentent tant qu'elles peuvent. Elles mentent jour et nuit. Elles mentent inlassablement, sans raison ou pour une raison inconnue de lui. Qu'est-ce que ça lui apporte d'avoir un frère qui soit membre actif d'un parti populiste ou, pour employer l'expression maison, d'un parti *peupliériste* ? Mais si, ça lui apporte quelque chose. Absolument, ça lui apporte quelque chose d'avoir un faux frère. C'est un point de repère. Le patient n'a pas de boussole intérieure. Mentir judicieusement lui permet de dessiner dans sa tête le plan d'une ville. Mentir, ça sert. Néanmoins, inventer de toutes pièces sa propre vérité n'est pas une vertu. Le patient souffre de mauvaise conscience. Mais une chose le réconforte : il ment sans voix et, en cela, cette manie ne nuit pas à son environnement.

Ses lèvres du dehors sont probes et fidèles. Il ne ment jamais à sa copine. Il lui raconte tout, par exemple qu'il s'est épris de cette cantatrice qu'il trouve plus mature et plus équilibrée qu'elle. La copine lance des regards de feu et, les doigts tremblants, lui tend une figue mûre. Odeur douceâtre. Le fruit a une peau soyeuse. Si le patient mord dans sa chair, le dedans du corps apparaît, rouge et juteux, avec vaisseaux, fibres et chair. Ça, une figue ? Patrik a un goût de sang sur la langue. Sa joue gauche brûle, le tympan est cotonneux. Sa copine lui a peut-être flanqué une forte gifle. Elle a peut-être crié. Ce qui s'est passé est loin de lui.

La copine doit l'avoir traité de loser aux cheveux longs qui s'intéresse à des genres morts. C'est quoi, des genres morts ? La poésie ? L'opéra ? L'amour ? Qu'est-ce que la copine a vraiment dit ? Les phrases originales sont perdues, elles ne peuvent pas être restituées. Le patient ne se souvient que de sa traduction, comme cela arrive souvent dans la vie.

Elle a pour copain un mollasson qui passe son temps au café à lire des vers doucereux. Que devrait-il faire d'autre ? Fonder une entreprise ? Non. La copine serait déjà contente qu'il sache choisir méthodiquement des poèmes marquants pour en établir des interprétations intrépides, ce qui lui vaudrait d'obtenir un poste à l'université. Pour cela, bien sûr, ses interprétations doivent être irréfutables. Il doit supporter sans crier toutes les piques qu'on lui lance.

La copine pense qu'un tel mollasson ne peut pas réussir son brevet de maturité. La copine oublie l'essentiel. Le patient a déjà un poste, et, qui plus est, c'est un poste très convoité. Soulagé, il expire profondément. Ce ne sont que des cauchemars, tout ça. Une fois réveillé, il a un emploi fixe de collaborateur indépendant d'un institut réputé. Mais quelques secondes plus tard, il ne sait plus avec certitude s'il a vraiment accepté ce poste ou s'il l'a héroïquement refusé. Son employeur pathologisait Celan, souillait Ingeborg Bachmann, banalisait Nelly Sachs et offensait d'autres poètes éminents, comme si c'était là sa vocation. Comment puis-je accepter d'avoir pour patron un homme pareil ?

Voilà que mes lèvres intérieures se remettent à mentir. Personne ne m'a proposé d'emploi. Personne ne m'a convoqué à un entretien d'embauche. Comment aurais-je pu refuser un poste ? Pourtant, on ne peut pas affirmer que personne ne m'ait jamais convoqué. Il y en avait un qui voulait m'avoir. Un choucas. Un matin, il m'avait demandé si j'avais envie de venir lui chanter mon couplet. Une quantité de sang m'était montée à la tête et mon cœur s'était mis à cogner contre ma cage thoracique, car j'avais le trac et un grand désir d'auditionner. Je m'imaginais dans le rôle d'Octavian du *Chevalier à la rose* chantant ses phrases à genoux devant la Maréchale. Non, pas possible, puisque Octavian est chanté par une voix féminine. Alors que ferai-je dans l'avenir si l'homme que je voudrais être est joué exclusivement par une femme ?

La science, c'est trop d'ascèse pour moi. Une pas-encore-science ou une déjà-plus-science me convient mieux. J'y aurai mon rôle à jouer. Le patient n'avait jamais envisagé de suivre une voie rectiligne. Selon sa copine, il était un mollasson qui traînait dans les cafés et lisait de la poésie, de nos jours il n'y avait que ces types-là pour porter les cheveux longs, qui avaient passé de mode au moins trois fois. Le patient a-t-il réellement les cheveux longs ? On voit ses deux oreilles, qui s'affirment dans une bizarre nudité. Elles ont quelque chose d'un coquillage, quelque chose de féminin. Je vais les couper et les rendre à ma mère. Vincent Van Gogh s'est coupé une oreille et l'a offerte à une prostituée. Par cet acte, le peintre avait atteint son but. Il ne voulait pas rester enfermé comme un lépreux derrière des barreaux de bambou. Sa maladie a la cote, c'est presque de quoi couronner un artiste. Le patient, lui, a les cheveux courts et les oreilles intactes. Il s'est rasé la tête récemment. Il n'en pouvait plus des mots qui logent dans les cheveux. Les moines tibétains se rasent le crâne parce que les cheveux pensent toujours aux femmes nues. Les cheveux pensent ? Sûrement. Plus que le cerveau. Cela avait été spontané : avec des ciseaux de bureau, le patient avait commencé par se couper les mèches qu'il arrivait à attraper, sans se regarder dans la glace. Il n'avait pas de miroir chez lui. Le reste, il l'avait rasé avec une lame en se blessant plusieurs fois le cuir chevelu. À sa vue, sa copine s'était mise à hurler comme un frein d'urgence.

« Qu'est-ce que tu as fait à ta tête ? Je ne veux pas être avec un détenu des camps ! »

Depuis, il sait qu'elle voulait être non pas avec lui, mais avec ses cheveux. Il avait ramassé les cheveux dans la corbeille, les avait placés dans une enveloppe et les lui avait expédiés par la poste avec ce commentaire : « Tiens, le voilà, ton amour ! » On pourrait trouver cette phrase méchante. Sa question à elle, quand elle avait demandé ce qu'il avait fait avec sa tête, l'était encore plus. Elle sait bien à quel point cette question le blesse. Cela fait des années qu'il réfléchit à ce qu'on a fait avec sa tête quand il était enfant. On ne s'était sûrement pas contenté de lui raser innocemment sa tête d'enfant.

Le patient veut être un doux jeune homme aux cheveux longs lisant de la poésie. Il peut bien s'appeler Patrik. Comme patient, tant que sa maladie n'est pas nommée, il jouit de davantage de liberté. Tandis que sous son nom d'état civil, Patrik est dans l'obligation de guérir. Et si l'on faisait jouer à ce Patrik le rôle d'un homme déjà guéri ? Il n'a peut-être pas encore commencé sa carrière, certes, mais ce n'est pas une maladie. Il est encore jeune. Il peut entrer dans la chambre noire de la poésie et, prudemment, du bout des doigts, découvrir son avenir à tâtons. Il y a tant de métiers poétiques dans le monde. Ce serait bien le comble s'il n'en dégotait pas un. Interpréter, discuter, transmettre, enseigner, relire, éditer, vendre, mettre en musique, mettre en scène, traduire, et si rien de tout cela ne marche, il pourra toujours devenir poète. Ces temps derniers, la plupart des métiers se sont éteints, comme tant de splendides insectes d'Amazonie.

Lire : c'est le premier pas, quoi qu'on veuille faire plus tard. La poésie : un bon choix. Et puis Patrik est beau quand il lit. Ses cils s'allongent et ses lèvres rougissent. Rien ne le distrait, même pas une conversation bruyante à la table voisine. À côté de lui, deux femmes discutent avec ferveur assurance responsabilité civile. Elles parlent si ouvertement que leurs postillons tombent comme une pluie tropicale sur leurs tasses de moka. Le patient n'est pas encore Patrik. Le patient refait le chemin jusqu'au café et s'assoit à côté de la table où l'on discute assurance responsabilité civile.

Un léger décalage temporel entre le patient et Patrik ne dérange personne. Le patient note que la partie inférieure des pieds de la table est rouillée. Un scénographe ne resterait pas indifférent à un tel détail. Patrik est différent du patient. Patrik peut faire abstraction d'un défaut tel que de la rouille ou une moisissure, qui ne représentent pas un danger immédiat. Patrik s'assoit très calmement, il supporte pendant quelques secondes l'attention accrue des autres clients, alors qu'au patient cela serait difficile. La curiosité des habitants des grandes villes est de courte durée. Il pourrait n'avoir plus qu'une oreille, comme le peintre hollandais, ils ne le dévisageraient pas bien longtemps non plus.

À cet instant, une serveuse aux cheveux courts disparaît à l'intérieur du café. Elle ressort avec un plateau, pose deux verres de coca-cola sur la table à l'angle et rentre sans remarquer le nouveau client, Patrik. Mieux vaut être invisible que mal vu. Et puis je ne suis pas là pour boire mais pour lire ou, plus exactement, pour devenir un Patrik qui lit de la poésie.

Au lieu de la serveuse, c'est la soprano qui apparaît et trouve un jeune homme lisant de la poésie. Elle porte une robe noire et un long collier fait de grands anneaux délicats. Patrik connaît ce bijou. Elle le portait parfois pendant ses master classes. Patrik regarde de temps en temps des vidéos où la cantatrice donne des interviews. Dans ces cas-là, bien sûr, elle ne suit pas l'intrigue d'un livret d'opéra et elle est la seule à décider de ce qu'elle porte, de ce qu'elle dit et de sa manière de bouger. Patrik constate que la cantatrice mène une double vie, il est pris d'inquiétude. Il lui reprocherait presque d'être une traîtresse.

Hofmannsthal rédigeait des didascalies très détaillées, comme s'il voulait contrôler le moindre mouvement de cantatrices futures qu'il ne connaîtrait jamais. Le moment où la Maréchale se redresse sur ses oreillers, celui où elle ferme les rideaux, celui où elle se cale en arrière, tout cela figure noir sur blanc. À la lecture du livret, Patrik éprouve une répugnance, il se sent comme un enfant auquel sa mère dicte tout. En même temps, il aimerait bien avoir un librettiste qui lui dicte le contenu de sa vie car, sans cela, elle reste vide. Patrik veut être un personnage participant à la pièce. Hofmannsthal lui pardonnera d'avoir ajouté un personnage. Celui d'un jeune homme qui se plonge dans des poèmes au point d'en oublier le monde qui l'entoure. À cette fête, d'autres convives portent à l'oreille une étiquette de prix. Ce jeune homme est intact. Plairait-il à la dame aux camélias ? Non. Il lui manque la faculté d'aimer ou, plutôt, la faculté de chanter. Chez lui, entre la gorge et la trachée, rien ne vibre qui aille au-delà de l'humain. Il est un mortel ordinaire au souffle court. Tandis qu'Alfredo, lui, est un ouragan qui chante au-delà de l'humanité comme une force de la nature.

Le patient remarque enfin que la serveuse à cheveux courts est campée devant lui et attend sa réponse. Sans connaître sa question, il répond :

« Oui, je veux.

— Qu'est-ce que vous voulez ? » demande la serveuse d'un ton railleur. Bonne question. Que veut-il ? Il a déjà tout ce qu'il faut.

« Vous savez quoi ? Je prendrai ce que vous choisirez pour moi. Car ce n'est pas toujours de moi qu'il s'agit. »

Agacée par cette réponse, la serveuse lui tourne le dos. Derrière les omoplates de la serveuse, on aperçoit une porte à battants. Une fête somptueuse se déroule derrière cette porte. La façade décrépite du bâtiment ne laisse pas supposer l'imposante fontaine de marbre qui se cache derrière. Il en jaillit du champagne, les verres des convives étincellent sous les lustres. C'est Paris. De sa démarche dansante, une courtisane va d'un monsieur à l'autre et le flatte de ses cinq langues étrangères. La tenue de la cantatrice est fleurie. Les âmes-feuilles des convives ondoient sous son haleine chaude. Cette sympathique escort-girl, c'est le personnage de Violetta. Le champagne bu, les convives passent en couples dans la pièce voisine. Violetta s'apprête à les suivre. Soudain, sa poitrine est secouée d'une toux diabolique. Elle se recroqueville sur elle-même et glisse vers un espace obscur où plus aucun projecteur ne l'atteint. Les convives se sont éloignés, sauf un homme, Alfredo, qui enlace de ses bras vigoureux la femme toussant à mort. La respiration du patient est syncopée. Un évanouissement volontaire de plusieurs secondes.

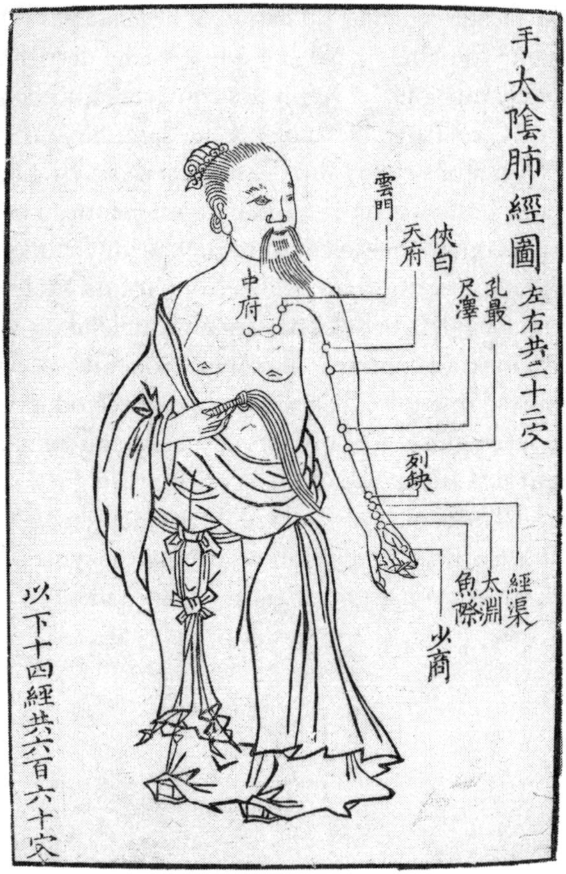

手太陰肺經圖　左右共二十二穴

以下十四經共六百六十穴

2

Texture de la matière angélique

L'homme qui se tient devant Patrik est d'une allure fort *transtibétaine*. Patrik utilise ce mot celanien pour la première fois de sa vie, après l'avoir longtemps tenu au chaud sous ses plumes sans savoir quel groupe humain ou quel groupe de langues sortirait de l'œuf. L'homme a vraiment l'air transtibétain, c'est une impression subjective et les adjectifs sont là pour soutenir la subjectivité.

L'homme demande s'il peut s'asseoir à sa table. Ce n'est pas pour sa façon de parler assez singulière qu'il faut le qualifier d'un terme aussi insolite que transtibétain. Il parle simplement allemand avec juste une pointe d'accent. Beaucoup d'autres tables sont occupées et Patrik trouve logique que deux hommes partagent solidairement une table.

« Je m'appelle Léo-Éric Fu », dit l'homme en tendant élégamment la main et en la retirant vivement avant que Patrik n'ait réagi. Patrik comprend qu'un salut n'a pas à être concrétisé physiquement. Une question bourdonne dans sa tête. Lors d'une rencontre fortuite dans un café, est-on censé révéler son nom complet, ou bien les trois éléments Léo, Éric et Fu sont-ils ses prénoms ? Patrik, prudent, ne donne qu'un de ses prénoms.

« Je m'appelle Patrik.

— Je sais », répond Léo-Éric avec un hochement de tête bienveillant. Patrik est un peu dérouté, il ne sait comment interpréter cette réponse. C'est alors que Léo-Éric dit avoir souvent observé Patrik dans ce café, la dernière fois il tenait le recueil de poésie *Soleils de fil*. Patrik n'en a aucun souvenir, mais il est possible qu'il ait lu des poèmes au café, il envisageait en tout cas de faire une communication à Paris lors d'un colloque Paul-Celan. À cet instant, il ignore si sa participation attend encore une confirmation ou si l'on a déjà rayé de la liste des orateurs le nom du cinglé hypersensible qu'il est.

« Vous avez l'intention de présenter une communication sur le recueil *Soleils de fil*?

— C'est peut-être ce que je voulais il y a quelques semaines. Mais plus maintenant.

— Et pourquoi donc? »

Patrik ne trouve pas de réponse à cette question et, les yeux baissés, en invente une en vitesse.

« Je n'aime pas les colloques.

— Et pourquoi donc?

— Cette situation où je suis observé sous toutes les coutures, cela me stresse. Et d'un coup, chacun met un masque diabolique.

— Que voulez-vous dire? Je ne vous suis pas.

— Discourir, interroger, répondre, débattre : tout cela m'apparaît comme une pièce de théâtre.

— Je pense que la société est un théâtre. La démocratie a besoin d'un récit-cadre et de différentes interprétations apprises. Une démocratie ne se construit pas seulement sur des sentiments sincères. »

Patrik lève les yeux et se dit que ce Léo-Éric est peut-être un Hongkongais qui se bat pour la liberté. L'instant d'après, il gomme sur la feuille de son cerveau cette conjecture spontanée. À Pékin aussi, il peut y avoir des combattants de la liberté. C'est bien plutôt lui, Patrik, qui est inapte à la démocratie.

« Les questions, la critique, le débat, je n'aime pas ça. Mais on n'a pas le droit de le dire tout haut et, au fond, je ne trouve pas bien d'être comme cela.

— Qu'est-ce qui vous déplaît dans la culture du débat? Expliquez-moi. Je suis curieux de savoir. »

Dans la tête de Patrik ça tourbillonne et ça s'embrouille, l'impossibilité de mettre de l'ordre dans toutes les bribes bigarrées de ses pensées le fait souffrir. Il invente une nouvelle théorie, un piquet auquel il puisse se raccrocher : ce Léo-Éric collectionne les propos hostiles à la démocratie. Muni d'un micro caché, il enregistre les voix authentiques des citoyens de l'Union européenne et les vend à des pays où ils servent alors de matériau pédagogique dans les cours de langue. Du bout de trois doigts, Patrik frappe son front derrière lequel cette théorie absurde est en train de s'installer. Il veut, comme un pivert, en extirper de grosses larves de pensée pour les dévorer.

« En général, je construis mon exposé de façon très attentionnée, comme on bâtit un château de sable sur la plage. Je n'arrive pas à comprendre pourquoi la plupart des enfants veulent méchamment détruire mon œuvre de sable avec leurs petites pelles. »

Patrik a toujours la chair de poule quand il entend le mot *pelle*. Cette fois, c'est lui qui a prononcé ce mot, il en est tout froissé, puis réconforté par un sourire au coin des lèvres de Léo-Éric qui dit :

« Allons, les enfants ne pensent pas à mal. Ne prenez pas leur jeu personnellement.

— Si je ne prends jamais rien personnellement, qu'en est-il de ma personne ?

— Une pelle à jouer est aussi inoffensive que la petite spatule en bois avec laquelle nous mangeons nos glaces.

— Même avec une minuscule spatule médicale on peut m'irriter les nerfs si férocement que je ne supporte pas ça une seconde.

— Une coupe glacée avec des fraises, s'il vous plaît ! »

Ce n'est pas à Patrik que Léo-Éric lance cette phrase. La serveuse fait oui de la tête et pose un verre de lait devant Patrik.

« Pardon, mais je n'ai pas commandé de lait.

— Vous m'avez laissé décider. Je trouve que du lait, c'est ce qui vous va le mieux. »

Patrik se souvient même de ce qu'il a dit, il arrive en cet instant, chose rare chez lui, à éprouver comme une continuité du temps.

« Oui, vous avez raison. Je voulais savoir ce que vous pensiez de moi. Donc, pour vous, je suis un blanc-bec. »

En plus il fait de l'esprit. La serveuse ignore ses paroles et se tourne vers un client qui vient de lever la main. Léo-Éric regarde le lait couleur Tipp-Ex et dit :

« Vous possédez une édition originale de *Soleils de fil* de Celan, n'est-ce pas ? »

Cet homme semble connaître jusqu'à des détails insignifiants de la vie de Patrik.

« J'ai l'édition de 1968, mais il n'y a là rien de particulier.

— Pourquoi cela ?

— Il en existe cinq mille exemplaires. Je suis un lecteur parmi cinq mille. Un tirage étonnamment élevé pour un livre difficile. Même la Deutsche Oper n'a pas plus de deux mille places assises. »

Léo-Éric part d'un éclat de rire.

« Allons, cela ne veut pas dire que cinq mille personnes ont vraiment lu ce livre. Vous êtes peut-être l'un des rares lecteurs à s'intéresser encore aujourd'hui à ce livre.

— À vrai dire, je suis trop fatigué pour m'intéresser à un livre compliqué. C'est ma copine qui avait acheté ce livre chez un bouquiniste et me l'avait offert pour mon anniversaire. Qu'est-ce que j'étais furieux contre elle quand elle me l'a donné. J'aurais presque jeté le volume à la poubelle. Mais le livre m'a plu, avec son corps tout mince et sa couverture blanche comme neige, et je l'ai quand même rangé sur l'étagère. Un livre épais, je l'aurais tout de suite jeté au feu.

— Qu'est-ce que votre copine avait fait de mal ?

— Pour moi, la règle suprême, c'est l'absence d'intention. Or elle veut me contraindre à écrire une communication, c'est évident. Toute manipulation féminine bien intentionnée, pour moi, c'est comme du venin de serpent. »

Léo-Éric hoche la tête, impassible, et dit :

« La carrière n'est certainement pas un coquillage fluorescent. »

Quelqu'un qui est indifférent à la carrière ne peut pas venir de Chine, se dit Patrik, il est peut-être du Tibet, il doit être l'un de ces moines qui méditent jour et nuit dans les hautes montagnes sans penser ni à l'argent ni à une carrière profane. Patrik rit *in petto* et interrompt le cours de la pensée stéréotypée en se répondant à lui-même : il peut y avoir des Tibétains qui réussissent dans les affaires et possèdent un compte dans une banque suisse. Patrik n'entend pas spéculer plus longtemps sur l'origine de Léo-Éric, il veut ne prêter attention qu'à ses paroles. Il vient de dire que la carrière n'est pas un coquillage fluorescent. Voilà un énoncé clair auquel il vaut la peine de répondre.

« Qu'est-ce qui serait un coquillage, sinon la carrière ? »

Patrik a réussi à poser une question qui fasse avancer la discussion. Puis il déguste le mot coquillage comme une gorgée de vin rouge. Pour se faire comprendre, il utilise bien trop souvent des mots morts, ou bien il retombe dans l'état de l'analysant qui n'ouvre pas la bouche pendant la séance de thérapie. Mais en cet instant, il a le droit de prononcer des mots pressés de frais, et personne ne lui reproche d'être malade. Léo-Éric penche la tête légèrement sur la gauche, il cherche une réponse. Il prend son temps.

Quand les humains se taisent, une musique se fait entendre. Dans l'arbre, une cantatrice chante avec fougue. Elle attaque son premier son dans les aigus, laisse redescendre sa voix par paliers et repart immédiatement vers les hauteurs. Un merle. On ne voit sa silhouette que lorsqu'elle redescend de son arbre. Une cantatrice aussi timide est-elle capable de chanter à pleine voix ? Oui, elle, précisément, y parviendra. Une timidité excessive provoque un encombrement. Comme sous l'effet d'une digue, la pression produira assez d'électricité pour alimenter tous les lustres de la salle de concert. Patrik perd de vue le merle et trouve face à lui Léo-Éric, qui a quelque chose d'un oiseau. Peut-être à cause de son mince cou et de ses yeux qui sont comme deux billes noires. Qui dit que Léo-Éric n'est pas un merle ? Du haut de l'arbre, il observe les humains, collecte des faits, en confectionne un nid et, lorsqu'il juge le moment arrivé, il apparaît sous forme humaine. Il y a des gens comme Patrik qui ont besoin du concours d'êtres ailés. Léo-Éric finit par rouvrir la bouche.

« Connaissez-vous l'arbre du Non ? Il se dresse en plein milieu d'une prairie. On peut lui poser la même question depuis huit points cardinaux. La réponse est différente chaque fois même si c'est toujours non. »

Patrik se dit que cela ressemble à un Kōan de la tradition bouddhiste zen. Léo-Éric vient peut-être du pays où vivent de nos jours la plupart des bouddhistes zen, c'est-à-dire la France. Supposition à moitié confirmée lorsque Léo-Éric dit :

« Le mot *Karriere* vient du français *carrière*. La voie professionnelle. Est-ce que cette expression vous est aussi désagréable que carrière ?

— Voie professionnelle ? Oui, extrêmement désagréable. Je veux être libre. Pas de voie autoroutière, pas de voie ferrée, plutôt un champ traversé par aucun sentier, aucun chemin. Un homme libre, moderne, doit pouvoir aller dans toutes les directions. Et je ne parle pas seulement de quatre ou huit points cardinaux. Des directions, il y en a plus de huit.

— Sauf que vous n'avez pas grandi dans une steppe d'Asie centrale, mais dans une ville avec des buildings.

— Oui, c'est vrai.

— Et là, en général, les piétons et les voitures ont le choix entre quatre directions et pas plus : reculer, avancer, prendre à gauche, prendre à droite. C'est tout. Et pourtant, quatre directions, c'est déjà trop pour vous. Vous, pour éviter de devoir décider chaque fois, vous avez trouvé une réponse unique utilisable en toute situation.

— Et elle serait quoi, cette réponse ?

— Prendre à gauche ! »

Patrik déglutit en clignant des yeux comme un stroboscope. Son interlocuteur disparaît dans l'alternance fébrile de lumière et d'ombre. Cela permet de parler plus facilement.

« D'où tenez-vous tout ça ?

— Comme je vous disais, je vous ai observé. »

Patrik se dit que l'homme sans bec ne peut pas être un merle, peut-être que cet homme, avec son air intelligent, vient de la moitié nord de la péninsule coréenne et qu'il porte des lentilles de contact spéciales connectées à une gigantesque base de données. Patrik s'aperçoit que sa pensée recommence à déraper, il se demande comment faire pour retourner sur le rail principal de la réalité. Léo-Éric fronce les sourcils et dit :

« Calmez-vous, je vous en prie ! Je ne suis pas un stalker. »

Un stalker ! Patrik n'a jamais eu une idée pareille. Un stalker ne s'en prendrait pas à un homme en chemise fripée et aux joues trop pâles.

« Non, je ne vous ai jamais soupçonné d'être un stalker ou, pour être plus précis, je ne peux pas imaginer être victime de ce genre de pratiques. Je pensais plutôt à un espion. Mais comme je ne détiens aucune information importante, ça n'est pas possible non plus. Ou bien seriez-vous un espion bouddhiste zen qui veut s'emparer du grand rien qui se trouve dans ma tête ? »

Patrik a réussi, par cette plaisanterie, à se tirer d'une situation embarrassante. Léo-Éric se met à rire, soulagé, et, comme s'il s'y était préparé, il se met à raconter sur un ton naturel.

« Je suis venu parler avec vous des canaux. Les canaux parcourent le corps humain. Les canaux réguliers sont au nombre de douze. On les appelle méridiens. Les médecins allemands utilisaient initialement la notion de canal, *Leitbahn*. Celle de *Meridian* ne s'est imposée que plus tard. Cela vient de la traduction française de la notion chinoise de *Jing Mai*. »

Patrik répond machinalement :

« Mais il y a un seul méridien. Pourquoi parlez-vous de plusieurs méridiens ?

— La plupart des gens ne pensent qu'à un méridien, le méridien zéro, et ils refoulent tous les autres.

— Bon, Celan n'a pas écrit tant de textes poétologiques. Pour moi, je dois dire, *Le Méridien* est très important.

— Mais est-ce que ce méridien unique permet d'expliquer ses poèmes ?

— Bien sûr que non. Alors dites : si un méridien est trop peu pour vous, combien en avez-vous à proposer, vous ?

— Il y a autant de méridiens réguliers qu'il y a de chiffres sur une horloge. Douze.

— Mais de quoi parlez-vous, au fait ?

— Par exemple, le méridien du foie commence sous l'ongle du gros orteil, il parcourt le cou-de-pied, monte par le genou et la cuisse. Il traverse le foie, la partie arrière de la gorge, le nez, les yeux, le front, avant d'atteindre le vertex. En cas de problème de foie, on peut traiter avec une aiguille les points situés le long de ce méridien.

— Ah, vous parlez d'acupuncture ! »

Patrik est infiniment soulagé. Il s'y retrouve, maintenant. Tout juste le temps de reprendre son souffle, et déjà Léo-Éric l'entraîne dans un nouveau tourbillon de confusion.

« Non, je parle d'un poème de Celan. « Cartes / de détours, phosphorés… » Vous connaissez ce poème ?

— Évidemment que je le connais. Il contient le mot *Aorta* et, quand j'étais petit, j'avais un chien qui s'appelait Aorta. De ce point de vue, le poème est aussi un détour conduisant à mon souvenir.

— Un détour ? Si le foie ne fonctionne pas, on ne traite pas le foie, mais le méridien du foie. Ce n'est pas un détour. »

Patrik sent ses gros orteils qui, pour on ne sait quelle raison, ne perçoivent pas bien le sol.

« Tout à coup, mes pieds sont bizarrement présents. Ils ne trouvent pas le sol.

— Mon grand-père me disait : sois attentif à tes pieds

quand tu parles à quelqu'un ! Le pied est un vaste livre. D'aucuns pensent que seuls les yeux ou le cœur sont reliés à l'âme. Mais c'est faux. Le réseau du corps est bien plus complexe.

— Mais Celan ne pouvait pas avoir ces méridiens-là en tête. Pour lui, il n'y avait qu'un seul méridien.

— Le méridien qui passe par Londres ? Je n'en crois rien. Il y a par exemple un méridien très important pour Celan. Il relie Paris à Stockholm. »

Patrik se souvient aussitôt du méridien évoqué dans la correspondance entre Celan et Nelly Sachs.

« Stockholm et Paris sont reliés par le méridien de la douleur et de la consolation », cite Patrik de mémoire, avant de continuer : « Il y a plusieurs méridiens – métaphoriquement parlant. Mais je ne fais pas grand cas des métaphores, je les trouve trop floues. Je préfère m'orienter d'après les chiffres et les lettres. »

Léo-Éric répond doucement :

« Je n'entends pas cela métaphoriquement, mais géographiquement. Êtes-vous déjà allé à l'Observatoire de Paris ?

— Non.

— On peut y voir, incrusté dans le sol en pierres de plusieurs couleurs, ce qu'on appelle le méridien de Paris.

— Je croyais que les méridiens étaient les canaux dans le corps.

— Allons, quelle différence y a-t-il entre le globe terrestre et le corps ? Pour le poète, les noms de lieux et les noms des organes étaient des repères importants, les uns autant que les autres. À nous de chercher les lignes qui les relient.

— C'est très intéressant, tout ce que vous dites là. Pourquoi n'allez-vous pas, vous, au colloque de Paris ? C'est vous qui devriez absolument parler de Celan et du Méridien ou, si vous préférez, des méridiens.

— Malheureusement, je ne peux pas. Je ne suis pas du métier. Dans les années cinquante et soixante, mon grand-père pratiquait la médecine traditionnelle chinoise à Paris. C'était l'époque où Celan y vivait aussi. Mon grand-père était un homme très cultivé, il lisait le chinois, le français, l'hébreu et l'allemand. J'ai trouvé dans ses papiers des notes sur des poèmes de Celan.

— Et puis ?

— Je peux vous raconter des choses que sans doute très peu de gens savent. À vous de voir ce que vous pourrez en faire. Peu m'importe si vous réussissez ou non dans votre métier. Ce n'est pas une voie professionnelle que j'ai à vous proposer, mais quelques méridiens. »

3

Doigts vulnérables

En rentrant chez lui, le patient ne se rappelle plus comment il a pris congé de Léo-Éric. Probablement sans poignée de main, sinon il sentirait un soupçon de chaleur sur la paume. Il y a un blanc dans le cinéma de sa mémoire : dans la première scène, assis dans un café, il a une discussion enflammée avec son nouvel ami, dans la suivante il est seul sur le chemin du retour.

Il marche, les yeux rivés sur sa paume gauche comme sur l'écran d'un téléphone portable. Pas de nouveaux messages. Toujours ces vieilles nouvelles telles que plis et taches de naissance. Cette main est tout autant de la chair qu'un morceau de rôti sur une assiette, et pourtant elle est censée être à l'image de la main de Dieu. Il ne s'agit manifestement pas d'une ressemblance extérieure. Le pied, l'œil et l'oreille aussi seraient à l'image de Dieu. Qui me l'a dit? Sûrement pas Léo-Éric, dont la langue ne connaît pas Dieu. C'était dans un livre sur la cabale. Du temps que Patrik entendait encore se préparer au colloque Celan de Paris, il avait emprunté à la Staatsbibliothek deux pleins cabas de livres. Chez Scholem, il était tombé sur le titre *Les Portes de la lumière* et avait voulu à tout prix franchir lui-même ces portes. L'auteur se prénommait Joseph, Patrik ne se rappelait plus son patronyme. Il y avait encore un autre livre passionnant sur la cabale, où Patrik avait trouvé un tableau. Avec douze lettres, dont chacune était attribuée à un organe comme le foie, la vésicule, le rein et ainsi de suite, exactement comme les douze méridiens réguliers de la médecine traditionnelle chinoise. Quel est le rapport entre la cabale et l'acupuncture ? Tout d'un coup, Patrik a envie de retourner à la Staatsbibliothek. Pendant des semaines, le palais des livres est resté inapprochable et entouré de palissades. Il paraît qu'il est de nouveau accessible, mais Patrik a peur d'y aller et de se trouver devant un immense chantier à l'abandon. La prochaine fois qu'il verra Léo-Éric, il lui demandera si c'est à Paris que Celan a rencontré les méridiens chinois. Si ce n'est pas le cas, alors les points communs entre la cabale et la médecine orientale s'expliquent de la même façon que la ressemblance entre la main de Patrik et celle de Léo-Éric : elles ne sont pas apparentées génétiquement, mais elles se ressemblent car elles sont toutes les deux à l'image de la main de Dieu. J'évite volontairement le mot Dieu depuis que mon frère a commencé à en abuser. Un jour, nous nous sommes rencontrés par hasard dans la rue à Berlin, il a commencé à parler du *Dieu de l'orage, Dieu de la guerre, Dieu de la mort,* et j'ai pensé qu'il s'agissait d'un jeu vidéo. Mais ces mots venaient d'ailleurs, peut-être d'une bibliothèque de la haine. Pourquoi cette bibliothèque-ci était ouverte alors que la Staatsbibliothek était fermée ? Mon frère, fouetté par un vent implacable, s'exprimait avec fébrilité. Il a parlé de quelque chose comme d'anéantir les yeux hexagonaux. Sa rage était tiède, mais les armes étaient fourbies, il ne lui restait plus qu'à les actionner. En tout cas, il a affirmé qu'il avait fabriqué des bombes. Je suis parti en courant sans lui dire au revoir et je me suis retrouvé dans un jardin public avec des jeux barbouillés de toutes les couleurs. Les mots de mon frère continuaient à me tourner dans la tête. *Flammes du purgatoire, mettre le feu, brûler, anéantir.* Tout d'un coup, j'ai compris qu'il avait voulu me communiquer quelque chose d'important. Son intention était d'empêcher un attentat qu'il avait lui-même préparé. N'avait-il pas dit que lui et ses camarades projetaient d'incendier le Temple des Autres ? Avait-il prononcé le mot *mosquée* ou *synagogue* ? Ni l'un ni l'autre. Et pourtant, il était clairement question d'une tentative de destruction. Mon corps était devenu soudain pesant, je l'ai traîné jusqu'à la vieille cabine téléphonique que j'avais aperçue au bout du jardin public et j'ai appelé la police. Un policier a décroché avec une voix de pause-café. J'ai expliqué qu'un groupe radicalisé se préparait à mettre le feu à une mosquée ou une synagogue. La voix de basse du policier a répondu sans la moindre émotion : Je veux bien le croire. Cette réponse était à prendre à la lettre. J'ai raccroché. Car je ne voulais pas révéler le nom de mon frère.

Joseph ben Abraham Gikatila ! Oui, voilà le nom de l'auteur médiéval qui a écrit *Les Portes de la lumière.* Selon lui, l'humanité n'est pas capable de saisir l'être du Créateur, et un ange ne l'est pas non plus, puisqu'il est tributaire de son point de vue. Seul le Créateur peut se comprendre lui-même. Il est intéressant qu'un être aussi insaisissablement grand que le Créateur possède un membre aussi ridiculement simiesque qu'une main. Apparemment, avoir la main n'est pas en contradiction avec le divin.

Le patient entretient une relation distante avec ses mains. Il connaît chaque lettre du mot *main,* mais il manque le lien entre le mot et la main. Une âme pourrait les relier, mais une âme, c'est comme le télégramme, c'est trop vieux jeu. De nos jours, ce n'est pas l'âme qui semble relier tout avec tout, c'est un réseau digital. Le patient éprouve une forte tendresse pour le mot *télégramme,* de même que pour le mot *tétragramme,* qu'il a appris dans Gikatila. C'est le nom propre de Dieu. Son métier est Dieu, son nom propre *Tétragramme.* Le patient ignore quel pronom personnel il utilise pour la première personne. Tout ce qu'il sait, c'est qu'il a le droit de le tutoyer.

Dieu, n'ayant pas de biographie, doit avoir une main sans pli. Les lignes dans la chair, et une ligne en particulier, indiquent la longueur de la vie. Plus longue est la ligne de vie, plus éloignée est la mort. Le patient est perturbé de voir que sa ligne de vie se casse au milieu et disparaît vers le poignet où trois sillons se dessinent parallèlement, comme le pictogramme signalant une rivière. Le patient ne croit pas que Celan se soit jeté volontairement dans la Seine. Cette nuit-là, Celan regardait la surface de l'eau et quelqu'un l'avait poussé. Ce quelqu'un était un assassin de hasard. Le patient veut s'aventurer dans l'eau profonde pour trouver l'auteur des faits. Car même un hasard doit porter une responsabilité. Le patient n'a pas une démarche très sûre, il est astigmate, il ne porte pas de lunettes. Il y a d'autres raisons pour lesquelles le patient pourrait tomber dans l'eau. Aucun prêtre ne peut l'empêcher de passer du temps la nuit sur la rive. Un groupe d'amis qui l'invite à dîner, il n'en a pas. Seules pourraient le sauver les sciences, dont les solides piliers soutiennent le toit du ciel nocturne. Malheureusement, aucun institut scientifique n'est situé à proximité immédiate de la rivière où les sans-abri dorment dans leurs sacs de couchage, observant la nuit à travers la fente pour les yeux. Un institut scientifique se trouve le plus souvent en haut d'une colline, loin de l'eau.

Pour l'instant, le patient ne cherche pas de pilier. Une main suffirait tout à fait, à condition qu'elle le retienne de glisser plus bas. Les miracles existent. Une main se tend vers lui, une voix de basse propose : Nous devons parler ! Entre quatre yeux ! C'est prometteur ! Il est maintenant capable d'avoir une conversation sans cette voix déroutante qui s'élève depuis le trou du passé. Le patient regarde les quatre doigts de sa propre main gauche. Chacun d'eux présente un pli oculiforme. S'il serre le poing, les quatre yeux se ferment, et ils se rouvrent s'il étend les doigts. Nous devons absolument parler entre quatre yeux ! C'est ce que dit au patient le thérapeute, représentant autoproclamé du tétragramme. Tetra renvoie au chiffre quatre : chiffre clos sur lui-même, chiffre parfait. Cette pensée perturbe le patient. Le nombre quatre, par sa perfection, a exclu le cinquième participant. En fait, c'est entre cinq yeux qu'on devrait se parler. Chaque main a cinq yeux. Seule la main à cinq doigts protège l'humain du mauvais œil. Avec quatre doigts seulement, sans utiliser le pouce, jamais le singe anthropoïde n'aurait réussi à construire des outils. Le patient propose d'inclure le cinquième œil. Le thérapeute, stressé, lui en demande la raison. On voit qu'il subit une double pression, d'abord la pression du temps, qui est générale, et puis la pression professionnelle, qui l'oblige à ne pas perdre patience. Pourquoi pensez-vous que nous ne puissions pas parler entre quatre yeux ? Le patient est incapable de répondre à cette question car il ne veut pas attirer l'attention sur son pouce, qu'une excitation sans raison fait se dresser comme une colonne de la honte. D'expérience, le patient sait qu'une conversation entre quatre yeux peut mal tourner. Deux humains qui se regardent dans les yeux sont deux miroirs. Une chaîne sans fin de confusions. Le thérapeute fait de grands yeux, un tiers parle par ses lèvres tremblantes et le patient ne le connaît pas. Oubliez les cinq yeux ! Ce sont cinq pays anglophones qui nous observent et échangent entre eux des informations, un système militaire de surveillance effrontée, *five eyes*! Le patient écoute cela calmement en se disant que le thérapeute souffre d'hallucinations dont la cause est la consommation immodérée de romans d'espionnage.

Le désir de parler se tarit, au même instant se termine l'heure prise en charge par la caisse d'assurance-maladie. Le patient quitte d'un pas rapide le groupe d'immeubles qui a pour nom *Au sain citoyen.* Dans sa tête, la conversation interrompue tourne comme une presse marchant à vide. Craquements et martèlements dans le crépuscule trop couard pour passer à l'heure nocturne et taciturne. Si Dieu a perdu son pouvoir, il n'a qu'à quitter rapidement la scène au lieu d'étirer le crépuscule à n'en plus finir. Comme s'il avait peur de l'obscurité! Comme si le plein jour seul avait une quelconque valeur et que la nuit n'était qu'un entracte forcé rempli de cauchemars! Le jour doit être, la nuit aussi doit être, et la transition n'est pas un art facile.

Après coup, beaucoup de choses lui viennent à l'esprit qu'il aurait pu dire chez le thérapeute. Le soir même de la séance, puis pendant des jours et des semaines, il est poursuivi par les mots qu'il voudrait avoir dits depuis longtemps. Le patient continue de parler, le regard creux. Il parle en marchant comme quelqu'un qui est au téléphone avec un micro invisible et un minuscule écouteur dans l'oreille. Chez lui, tout itinéraire devient un détour sans fin, si bien que rentrer chez lui ressemble à une promenade vespérale.

Le soleil écarte péniblement le lourd rideau de nuages. La femme qui marche devant le patient projette une ombre allongée d'où s'envole soudain une chauve-souris qui disparaît derrière la gouttière. Si on projette une ombre, c'est qu'on est humain. Le patient se sent comme une chauve-souris qui, pour n'avoir pas réussi à s'enfuir, se retrouve ligotée sur la table d'un laboratoire. L'envers des ailes doit subir un examen minutieux. La lampe opératoire est un énorme pommeau de douche pourvu de cinq yeux aveuglants. Arrachée à l'obscurité, la chauve-souris est forcée à une clarté cruelle. On dit que les oiseaux chanteurs ne saignent généralement pas beaucoup. La chauve-souris est une souris chantante ailée. Son chant ne plaît pas à tout le monde, et il est même nocif pour la santé. Sa voix va bien au-delà du contre-ut, une note que même une cantatrice très douée n'atteint qu'avec difficulté. On ne parle plus de voix, mais d'ultrason. Si une femme enceinte entend la voix de la chauve-souris, une influence diabolique s'exerce sur l'embryon. L'enfant naîtra avec de longues oreilles pointues et de grands yeux ronds. Sombre racontar que tout cela. Comme si de rien n'était, la chauve-souris passe de sa voix de chasse, aiguë et perçante, à un ton de banal bavardage. Ce n'est pas un pénible son en dents de scie, pas la chute d'un état amoureux vers une déception, mais une élégante trajectoire aérienne. Elle vole comme elle chante. Son art n'est pas un secret, et pourtant il est inaccessible aux autres êtres vivants. Si on attrape la chauve-souris et qu'on la dissèque pour analyser ce dont elle est capable, on la tue. Ça n'est pas un mal, se dit le chercheur, car l'écosystème abrité sous les ailes de l'animal est tout sauf hygiéniquement correct et pourrait effrayer le citoyen lambda.

Le thérapeute a des mains soigneusement manucurées, même une bête à Bon Dieu, il ne pourrait pas la toucher sans gants de caoutchouc. Quand le patient lui avait cité des tournures celaniennes telles que *ton urine noire* ou *tes selles liquides et bilieuses,* le thérapeute n'avait pas pu s'empêcher de disparaître dans la pièce arrière où il s'était très certainement désinfecté les mains. S'il n'y a pas de bonheur sans microbes, alors il préfère renoncer au bonheur. Comment un homme si propre peut-il me toucher, moi qui suis sale, songe le patient. Mais, un jour, il aperçoit le thérapeute debout à un stand, tenant entre ses ongles noirs et huileux une saucisse de Vienne, et il a vite fait de changer d'avis. Les lèvres luisantes de gras arborent un large sourire, le thérapeute fait même un clin d'œil au patient, comme pour signifier qu'un homme en bonne santé doit se délecter de mets carnés consistants, et pas autre part qu'à Vienne. En effet, la scène ne se déroule pas sur la Potsdamer Platz, mais sur la Place des Héros. Le patient sait qu'il se trouve dans un rêve. Cela fait longtemps qu'il n'est plus allé en Autriche. La dernière fois, c'était à Salzbourg, où il avait assisté à une représentation de *La Femme sans ombre* de Richard Strauss, et même si sa cantatrice préférée ne chantait pas dans cette production, toutes les cellules de son corps s'étaient synchronisées avec la musique. Pendant trois heures, il était resté comme captif, ce qui n'était pas agréable du tout, mais douloureusement envoûtant. Pourquoi faut-il que la partie d'orchestre soit composée ainsi et qu'au lieu de soutenir le chant, elle le défie constamment par de petites vagues qui le contredisent ? Pourquoi les mots s'évadent-ils des mains qui voudraient retenir leur sens ? Cette musique lourde de sens ne guérit, ni même ne console personne. *Il y a encore des chants à chanter / au-delà des humains.*

À un moment, le patient s'était senti dépassé par l'existence de l'Autriche. Trop de musiciens, trop de compositeurs, trop de concerts, si bien qu'on rate tout si l'on n'y va pas. Pas question cependant de vivre en Autriche. C'est trop risqué, surtout à Vienne, où tant de lignes de tramway ont pour terminus le Cimetière central. Il a lu cela chez Ilse Aichinger. Heureusement, le patient n'a plus à réfléchir aux territoires des Habsbourg. À un moment, les frontières ont été fermées et l'ordre ancien est revenu. Un Prussien reste en Prusse, un Romanov reste en Russie. Bien sûr, Goethe ou Mozart avaient traversé les frontières, mais pour quelqu'un comme le patient, ce n'est pas parce qu'on reste chez soi qu'il faut se considérer comme un raté. Les Habsbourg non plus n'ont pas la partie facile, ils ne peuvent plus agrandir leurs territoires grâce à des mariages arrangés, car tous les baisers sont interdits. Voilà longtemps que le patient n'a plus donné de baiser à personne. Même dans un rêve où il sait qu'il rêve, il n'arrive pas à donner à l'action une direction érotique. Dans le rêve, le peu ragoûtant thérapeute continue de parler, et personne ne peut le réduire au silence : quand on ne digère pas la beuchelle, on risque la consomption ; or chez un homme très maigre, traîner l'ombre de la tuberculose peut finir par la mort. Ce n'est plus le thérapeute, mais un guérisseur inconnu qui transfère les mots *occlusion laryngale* du recueil poétique vers le dossier médical. Un choucas qui a perdu la voix ne tarde pas à mourir. Kafka, nom qui veut dire choucas en tchèque, détestait Vienne. Jamais il ne laissait ses phrases se balancer sur une mesure de valse à trois temps. Celan non plus ne demeura pas longtemps dans la ville de Johann Strauss. Un fois dans sa vie, mais vraiment une seule fois, le patient a connu une étourdissante Saint-Sylvestre. À cette fête, on avait joué une valse océanique. Le corps du patient avait été pris d'un tel élan qu'il était passé par-dessus le bord du supportable. Rejeté sur le sol en béton, il s'était cassé plusieurs os. Une valse ? Plus jamais. Vraiment ? Est-ce possible ?

Valses de Vienne, *Wien, Walzer,* le *W* de Wien ne vient pas de la valse, mais de Wittgenstein. Écrire sans le fumet des plats savoureux ni le gras voluptueux des hanches. Celan détestait Vienne. Kafka détestait Vienne. Il y a des chances que le patient déteste cette ville lui aussi. Il l'aime secrètement. Tout ce qu'il veut, c'est ne pas trop souvent rêver d'elle.

En marchant, le patient élabore continuellement dans sa tête des arguments contre la voix de son adversaire, qui n'existe même pas. Cet adversaire n'est pas le thérapeute. Il l'a compris depuis longtemps. Sauf qu'il ne veut pas l'admettre. Une lutte contre sa propre ombre. Une maladie auto-immune de la pensée. La dernière thérapie remonte à longtemps. Le thérapeute s'était donné la mort et il n'avait pas été possible de savoir pourquoi. Le patient avait appelé la caisse d'assurance, on lui avait répondu que la caisse était compétente pour la santé et pas pour la mort. Le patient avait changé de stratégie, il s'était renseigné sur le financement de la nouvelle thérapie. La femme chargée du dossier lui avait répondu, sans entrain, qu'il fallait déposer une demande, avant d'ajouter en soupirant : *pour la dernière fois de la psychologie!* Pour la première fois, le patient avait ri gentiment, car cette expression lui était connue par un poème de Celan.

Si tant est qu'une caisse puisse penser, la caisse maladie pense qu'une maladie telle que la tuberculose est dépassée et tout juste capable d'impressionner un public d'opéra. De nos jours, si des gens meurent de maladies qui seraient en principe curables, c'est leur faute à eux. Le patient a des tendances suicidaires, certes, et cela figure noir sur blanc dans les rapports officiels, mais une voix cynique se fait entendre : Qui n'a pas de tendances suicidaires? Chacun sait qu'on ne peut pas traiter si facilement la jalousie maladive et les complexes d'infériorité d'Othello. Quand Plácido Domingo interpréta le puissant héros de Venise à la peau sombre, c'était ma cantatrice qui chantait à ses côtés le rôle de Desdémone. La polygamie est un principe au théâtre. Étais-je jaloux de Domingo, moi ? Pas le moins du monde. J'étais assis au premier rang du public et je me délectais de la voix de ma soprano. À la fin, Othello était mort et j'avais senti mes veines gorgées de sang comme jamais. Sur un esprit las, un DVD produisait bien plus d'effet que des médicaments. Ne restait plus que cette question : devons-nous forcément peindre Othello en noir pour comprendre ses souffrances ? Le maquillage ne rendait pas la peau du chanteur moins vivace et s'accordait bien avec les traits marquants de son visage, la maquilleuse avait donc fait un bon travail, néanmoins je ne sais quoi me gênait. Je ne voulais pas identifier un personnage par la couleur de sa peau, et surtout je ne voulais pas être contraint de le faire. Bien sûr que la rage et la vulnérabilité d'Othello sont liées à la discrimination dont il fait l'objet. Mais il ne s'agit pas ici d'un sentiment qui disparaîtrait dans une société meilleure. La jalousie maladive continuera d'exister et moi aussi je pourrais être un Othello. Si chaque personnage était peint d'une couleur univoque, les capacités visuelles et cognitives du public s'étioleraient. Moi, par exemple, je ne vois pas de quelle couleur je devrais me peindre pour avoir le droit de parler des souffrances de Celan. Avant mon exposé, je laverais mon visage à l'eau fraîche, mais en aucun cas je ne me maquillerais en blanc. Il n'y a que les poupées en papier qui soient blanches. Tout humain a le droit de garder sa couleur de peau, mâtinée, polysémique et aussi changeante que la fortune.

Le nom Othello commence par un *o* et se termine par un *o*. Les deux lettres sont identiques, elles sont rondes et vides. Sur un damier règne une pensée en noir et blanc. Quand l'un gagne, l'autre perd. Il y a des pions noirs et des pions blancs, pas de gris ni de rouges. Quand on est blanc, on ne peut pas être noir. Est-ce vraiment logique ? En fait, Othello devrait suivre une thérapie, sans quoi l'hyperactivité de ses organes, cause de la jalousie, pourrait coûter plusieurs vies. S'il n'est pas à même de changer la pensée binaire de la société, au moins qu'il apprenne à expirer à fond et à expulser ainsi sa rage. Et sa femme Desdémone, que peut-elle ? Elle ne cherche pas de remède pour le guérir. Elle sacrifie sa vie mais, après sa mort, elle ne devient pas une sainte, *eine Heilige.*

Cela me fait penser que je n'ai jamais entendu sortir de la bouche de ma cantatrice le mot salut, *heil.* Point de santé, de sainteté ni de salut. À ce que je sais, elle n'a pratiquement jamais chanté de Wagner. Peut-être qu'à une époque elle a été Eva des *Maîtres chanteurs,* mais pas plus. La prochaine fois que je la verrai dans la rue, je lui demanderai pourquoi. Pourquoi pas de Wagner ? Elle ne voulait peut-être pas fatiguer sa voix en la tiraillant dans tous les sens. Dès son jeune âge, elle avait beaucoup réfléchi au déclin de la voix qui s'était manifesté chez Maria Callas parce qu'elle avait alterné trop rapidement Verdi et Wagner. J'ignore ce qu'il faut penser de cette supposition, je n'ai même pas d'opinion personnelle sur ce que signifie un déclin de la voix. Celan pratiquait sans ménagement des exercices de voix en traduisant des oiseaux chanteurs de diverses régions. Joyeux, plein d'assurance, il chantait tantôt à la Mandelstam, tantôt à la Dickinson. Apollinaire était bien sûr à son répertoire, mais aussi Michaux. Khlebnikov pas plus que Maïakovski ne pouvaient fatiguer la voix de Celan. Au contraire. Quand il traduisait, Celan chantait pleinement avec sa propre voix. Et c'est plutôt sa propre voix qui lui devint étrangère, il avait peut-être renversé le souffle, la laissant derrière lui afin de pouvoir, sans bagage, toujours plus profondément, pénétrer dans un espace artistique exigu et sans Je. Dans cet espace, l'exiguïté était un avantage, même une vibration minimale de l'air pouvait remplacer une aria.

Comme dans une poupée en bois, il y a un creux là où la voix est produite. Woyzeck aussi a un corps creux, car il a vendu son corps à la médecine moderne. Pour cela, au moins, on lui a donné de l'argent, ce qui n'est pas le cas pour la chauve-souris de laboratoire. Viscères et cerveau sont les ultimes biens de ceux qui passent toute leur vie en arrêt maladie.

J'entre dans la salle du Metropolitan Opera. Même sur DVD, l'odeur est différente de celle du Festspielhaus de Baden-Baden que je fréquente souvent pour regarder *Le Chevalier à la rose*. Les murs ont une autre odeur, les vêtements des spectateurs aussi. Les entreprises qui produisent les disques numériques ne nous ont pas encore révélé comment elles ont pu aussi numériser l'odeur. Que je suis reconnaissant à ces supports sonores qui permettent à une existence aussi misérable que la mienne d'avoir accès à un théâtre, moi qui ne peux même pas me payer un billet de train pour Baden-Baden, sans parler d'un vol pour New York ! Autrefois, bizarrement, j'avais assez d'argent pour aller au festival de Salzbourg. Et puis est venue une phase où je ne dépensais pratiquement rien et passais tout mon temps chez moi. Tout être normal penserait que je mettais alors de l'argent de côté. Mais mon compte fondait. Travaille donc, si tu as besoin d'argent ! C'est justement ce dont je suis incapable. Mes mains restent vides.

À présent, mon nouveau voyage vers les lointains, c'est une nouvelle amitié. La compagnie aérienne a pour nom Léo-Éric Fu et elle vole bien plus vite qu'une cigogne Lufthansa ou que la divinité indonésienne Garuda. Léo-Éric Fu, petit-fils d'un médecin qui pratiquait la médecine chinoise à Paris et lisait Celan. Rôle : ami. Voix : ténor. Pronom personnel : tu. Patrik est intrigué : il ne se souvient pas s'il a déjà tutoyé Léo-Éric ou non. Peu importe. Demain ou après-demain, l'ami deviendra un Tu. Le patient ne se perçoit alors plus comme patient. Nom : Patrik. Voix : baryton. C'est comme une seconde naissance. Ce merveilleux Transtibétain, qu'a-t-il donc fait de Patrik ? Il lui a posé des questions, lui a fait des cadeaux, donné des ailes, c'est tout. Patrik aurait envie de rebrousser chemin immédiatement et de retourner au café poursuivre le dialogue. Sur Celan il y a encore tant à discuter. Patrik ne se souvient plus pourquoi il a interrompu l'entretien si tôt. À cause d'un rendez-vous ? Ai-je seulement un rendez-vous ? C'est vrai, de temps en temps, il faut que je prétende avoir un rendez-vous. Le rendez-vous est la clôture du jardin. S'il n'existait pas, n'importe qui entrerait dans mon jardin et piétinerait la tendre pousse de fragiles pensées nouvelles. Un rendez-vous, c'est la seule clôture que tout le monde accepte sans ciller. Même ma copine, quand je lui ai dit que j'avais un rendez-vous imminent, s'est interrompue alors qu'elle était en train de se déshabiller. Quand était-ce ? Un mardi dans un lointain passé. Il faut toujours deux rives à un rendez-vous. L'autre rive ne doit pas être une autre femme, et je n'avais pas d'ami homme. Pas encore. L'expression *rendez-vous client* était la seule qui me fût familière. Il fallait, me disais-je, que je devienne un client, ça ne pouvait pas être bien difficile. On devient automatiquement client en achetant quelque chose. Exception faite des empereurs et des mendiants, tout le monde peut facilement devenir client. Qu'achèterai-je aujourd'hui ? Un litre de lait. Car, sans lait, le café a un goût de brûlé, ce que je ne répéterai jamais assez. Mais on ne prend pas un rendez-vous pour acheter du lait. Je ne peux pas acheter de voiture puisque les rues et les carrefours m'embrouillent. Je ne veux pas réserver des vacances, car les semelles de mes chaussures sont trop fines. Je ne me sens pas encore assez sûr pour conclure une assurance. Ma seule chance était donc d'obtenir un rendez-vous chez le médecin. J'appelai mon médecin pour demander un examen de routine. Ce n'était pas pour parler de mes maux. Heureusement, comme tout le monde est potentiellement malade, on n'a pas besoin de symptômes pour subir un examen de routine.

J'ai un rendez-vous chez le médecin ! Sur ma copine, cette phrase produisit l'effet d'un ordre d'en haut. Elle releva d'un coup le jean qui se tortillait autour de ses chevilles. Derrière la couleur indigo disparurent d'abord ses mollets, puis ses rotules roses et leur peau fine à travers laquelle on croyait voir les os blancs, et pour finir son slip noir corbeau disparut. Les femmes se désagrègent quand elles se déshabillent. Quand elles s'habillent, une unité se reconstitue. Je parvins à remballer dans des vêtements ma copine qui était en train de perdre ses contours. Elle me crut tout de suite quand j'évoquai un rendez-vous chez le médecin. Elle ne demanda aucun détail, ne vérifia rien, saisit son sac à main et partit.

Un passé est, en soi, une troisième personne, surtout lorsqu'on essaie de jouer la première personne dans le présent. Même le présent est constamment en décalage, une photo floue aux contours incertains. Les temps entrent en collision dans la tête et causent des douleurs lancinantes. Les médecins nomment les tempes *tempora*. Collision des temps, collision des tempes. C'est tout récemment que le patient a chassé sa copine de l'appartement en prétextant un rendez-vous chez le médecin. Une semaine ? Un mois ? Ou déjà un an ? La sensation du temps se perd chez lui, ce qui ne le dérange pas, de toutes les façons le temps ne se mesure pas par la sensation, une sensation du temps n'est qu'imaginaire. L'atemporalité, elle, existe clairement comme sentiment. Elle a commencé par la fermeture de toutes les salles de concert. Jusque-là, le patient pouvait aller chercher dans le hall du théâtre les dépliants gratuits avec le calendrier des spectacles et les dresser sur son bureau comme un petit paravent. Il s'offrait même de temps en temps des billets à prix modique. Puis était venu le moment où le programme ne comportait plus que des promesses vides. On annonçait Verdi, mais il n'arrivait pas pour cause de frontière italienne fermée. Ni Richard Strauss ni Tchaïkovski ne pouvaient venir à Berlin. Tout n'était plus que noms sans corporalité. La radio annonce que tous les opéras et salles de concert ont rouvert, mais l'atemporalité ne cesse plus.

Le patient n'aura plus besoin de rendez-vous médical. Il a désormais un ami qu'il peut retrouver. Il n'est pas encore certain que Léo-Éric deviendra ou non son ami. Le mot amitié a un poids. Si quelque chose se passe mal, on emploie d'autres mots qui pèsent eux aussi des tonnes, comme *échec* ou *trahison*. Il est fréquent en Russie qu'un Lensky rende visite chaque jour à son ami Onéguine et passe plus de temps avec lui qu'avec sa bien-aimée. On ne joue pas avec le feu ni l'amitié. Une amitié peut même coûter une vie. Le patient ferme les yeux et entend la voix de Léo-Éric chantant la partie de ténor avec sincérité. Le patient aimerait tant jouer Eugène Onéguine, qui savoure le luxe de l'ennui et dont la froideur des sentiments se transforme par magie en sex-appeal. Le baryton porte dans son âme quelque chose de mauvais, comme Don Juan, qu'on ne voit plus sur scène depuis qu'il a perdu le procès MeToo et a été mis à l'ombre dans une geôle espagnole. Pourquoi des hommes qui harcèlent, maltraitent et tuent les femmes ont-ils le droit de chanter sur scène et de susciter l'admiration du public ? Pourquoi est-ce que précisément ces hommes-là ont le droit de chanter avec ma cantatrice ? Cet Onéguine n'est pas aussi infâme que Don Giovanni, mais c'est quand même un psychopathe pitoyable qui n'a pas accès à ses propres émotions et tire puérilement avec son revolver sur tout ce qui passe. Pour être près de sa soprano, le patient veut se charger du rôle du baryton. Il sera un Onéguine sans couteau, sans argent, sans sex-appeal. Et il veut trouver un moyen de ne pas tuer Lensky.

S'élevant des profondeurs de la fosse, le prélude engourdit l'auditeur. Overdose de Tchaïkovski. Tchaïkovski est innocent. Une chance qu'il ait déjà été mort à l'époque où Hitler faisait encore dans sa culotte et où Staline attendait sa moustache. En Allemagne, après la guerre, on ne se permet plus d'extraire de l'amande amère un arôme sucré. On n'est pas davantage pris au sérieux quand on dit un conte, qu'il parle de cygnes ou de casse-noisettes. Atteindre un état second à force de répétition était considéré comme politiquement dangereux. La poésie aussi devait perdre l'habitude de sonner comme une formule magique. Celan avait nettoyé sa voix de la couleur est-européenne que l'oreille ouest-allemande ne voulait plus entendre. Mais s'agissait-il vraiment de la couleur d'Europe de l'Est, ou bien d'une composante de la civilisation humaine ? Peut-il rester une couleur purement juive une fois partie la couleur slave ? Qui voulait laver Celan et, par là, sa propre conscience ?

Le patient se hâte de rentrer chez lui où l'attend sa Tatiana. Lorsque Tatiana s'éprend de lui, il ne veut pas perdre sa vie d'insouciance pour une jeune villageoise insignifiante. Il l'éconduit et son refus se plante comme un couteau dans le cœur juvénile de Tatiana, pour la première fois de sa vie elle est profondément blessée. Sans attendre qu'il mûrisse, elle épouse un homme plus âgé ayant un rang social et de la fortune. Des années plus tard, lorsque Onéguine revoit Tatiana, elle est un diamant poli qui brille dans une société raffinée. Il s'éprend d'elle, elle l'éconduit. Le patient, lui, aurait perçu dès le premier acte le potentiel de Tatiana et n'aurait pas attendu le troisième acte pour lui avouer son amour. Il ne comprend pas pourquoi les hommes, et pas seulement Onéguine, mais aussi Alfredo ou Othello, doivent être si stupides pour obtenir le rôle principal, ni pourquoi leurs femmes sont toutes si sensées et si malheureuses.

Tatiana écrit une longue lettre à Onéguine. La scène dure une nuit entière. La cantatrice chante en russe, langue qu'elle ne parle pas. Elle a appris ce long texte par cœur et, même si elle ne maîtrise pas la langue, elle a établi une relation intense avec elle. Pendant le long monologue, le patient n'arrive pas à respirer librement. Le chant dans une langue qui est étrangère non seulement pour lui, mais aussi pour la cantatrice, le saisit à la racine de tous les végétaux nerveux.

Combien de nuits le patient a-t-il passées auprès de Tatiana ? Les sentiments qui oppressent le patient l'empêchent presque de respirer et, la lettre finie, ses yeux versent des larmes. Il applaudit bruyamment avec le public qui vit dans le disque numérique. Il s'imagine assistant à la représentation de Moscou, depuis une place en hauteur, de côté, au balcon. Le président, pour qui l'art est un trésor national, applaudit bruyamment. Le patient plus encore. Au balcon, d'autres hommes, en charge de la sécurité du pouvoir, battent des mains sans conviction. Le patient ne voudrait pas que ses applaudissements bruyants donnent lieu à une interprétation politique. Il veut simplement témoigner son respect à la cantatrice américaine. Grâce à elle, ceux qui affirment que les Russes sont les seuls à comprendre vraiment Pouchkine et à pouvoir chanter Tchaïkovski seront désormais moins nombreux. Et personne dans le public de la représentation d'aujourd'hui ne pensera plus que les Américains ne parlent qu'une seule langue. Le patient sait que la cantatrice, même si elle est née en Pennsylvanie, est familière d'au moins quatre langues. À Prague, d'où sont originaires ses ancêtres, il n'y aurait rien eu d'exceptionnel à avoir plusieurs langues. Dans sa ville natale, en revanche, il n'y a pas tant de gens capables d'aller faire leurs courses en italien, de répondre gracieusement aux questions complexes lors d'une interview en allemand et d'être comme chez soi dans la langue française.

Les parents de Patrik, qui viennent d'Ukraine, n'ont plus guère d'yeux pour l'Est. Patrik ne connaît pas de musique ukrainienne, pas un mot d'ukrainien. Quand Patrik posait à ses parents des questions sur l'Ukraine, ils répondaient évasivement : Ce pays n'a rien à voir avec toi, tu viens de Francfort. Ses parents trouvaient étrange qu'on discute tellement de migration dans l'école de Patrik. L'attitude des parents avait déteint sur le fils. Il gardait ses distances avec ce sujet et était agacé quand on lui demandait s'il était de Francfort-sur-l'Oder. Il ne voulait pas être perçu comme quelqu'un de l'Est. De l'Est, cela peut vouloir dire beaucoup de choses. Berlin-Est aussi est déjà assez à l'est. Patrik, lui, vient du cœur métallique de l'Allemagne, là où se trouve le plus important aéroport du pays et où des buildings rétrécissent le ciel. Il est fier de Francfort-sur-le-Main car sa cantatrice américaine a fait ses études là-bas, raison pour laquelle elle a gardé jusqu'aujourd'hui un allemand plein de verve et de souplesse.

Plus il répète qu'il est allemand, moins il en est sûr. Personne ne lui demande d'où sont ses parents. Mais la police a commencé à inscrire les pays d'origine des parents sur la liste noire. Il ne lui suffit plus que quelqu'un soit allemand pour que cela prouve la blancheur de ses sous-vêtements. La couleur de la peau n'est pas non plus une garantie. Le système de sécurité enregistre l'origine des parents comme une information importante. Le patient ne pourra plus cacher longtemps l'origine de ses parents. Il se rappelle soudain que Czernowitz aussi, ville natale de Celan, est aujourd'hui en Ukraine. Il est le compatriote de Celan ! Enfin une nouvelle réjouissante ! Il n'y a pas de scène, mais il applaudit de joie quand même. Il faut absolument qu'il en fasse part à Léo-Éric.

Patrik sort de la poche de son blouson la carte de visite que lui a donnée Léo-Éric. Son regard survole le nom de la rue et reste accroché au numéro de l'immeuble, 19, qui est par bonheur un nombre premier. Quant au code postal à cinq chiffres, il tient plus de la nuée que du nombre. Les habitants n'y sont pour rien. Sous le nom de Léo-Éric Fu figurent le nom de l'institut ainsi qu'un numéro de téléphone. Tout en bas, un idéogramme chinois que Patrik ne peut pas lire. On devrait toujours commencer par l'illisible. Patrik a jadis écrit cela dans son cahier, sur la couverture duquel figuraient les mots *Soleils de fil*. Il ne se rappelle plus ce qu'est devenu ce cahier. Il ne lui reste plus désormais que quelques fiches, éparpillées sur son bureau comme des cartes de visite. Impossible de les relier pour en faire un livre. Construire un château de cartes et attendre un coup de vent ? Marquer des points à un colloque avec des cartes truquées ? Tout cela, ce sont des idées *calcinées*.

Patrik veut tout de même aller à Paris, pas à cause du colloque, mais pour voir le méridien de Paris, pour comprendre avec ses pieds qu'il existe plusieurs méridiens. À travers les fines semelles de ses chaussures, il sentira le méridien ceinture de Paris dont les pavés de couleur sombre sont enchâssés dans le sol. Où peut-il passer la nuit à Paris ? Les hôtels sont soit complets, soit trop chers, soit fermés à jamais. Il dormira dans le lit d'une rivière ou sous un ciel de lit. L'idée que le soleil a des positions différentes selon l'endroit et le moment où on le regarde le soustrait à la pesanteur. Un soleil peut être à la fois ici et là, car les soleils sont au nombre de douze, chacun d'entre eux dessinant sa propre trajectoire cosmique. Que voulait donc dire l'homme transtibétain ? Que les méridiens peuvent relier entre eux des parties isolées du corps ? Œil, barbe, dent, cerveau, cœur, main. Dans quel ordre doit-on lire ces mots celaniens ? Les parties du corps ne sont pas numérotées. Tantôt c'est la dent qui se manifeste par des douleurs, tantôt ce sont les mains qui ont froid. Quand le téléphone sonne, le cœur bat plus vite, avant que la sueur ne perle sur le front. Le patient se réveille parfois la nuit le dos trempé de sueur. Si tous les draps rappellent la peste, on ne peut pas réduire l'histoire à une longue liste de maladies cochées l'une après l'autre.

Le patient a la sensation qu'il porte ses viscères maladroitement, sens dessus dessous, comme des légumes dans le filet de ses nerfs, au retour du marché, dans son sac à provisions. À la suite de quoi un haricot perce la fine peau d'une tomate trop mûre tandis que les œufs quittent leur boîte et se cassent en cadence entre deux conserves. On a honte de ses douleurs. Il est pourtant plus facile pour le patient de se faire délivrer un arrêt maladie que de trouver un arbre qui l'aidera dans sa classification du monde. Les branches poussent sagement vers les quatre points cardinaux et pas un rameau ne fait mal à l'autre. Dans le corps, ce n'est pas une aorte qu'il faudrait avoir, mais un arbre. Comme les parties du corps restent en désordre, elles font souffrir les nerfs. Œil, barbe, front, dent, cerveau, cœur : sont-ils nés pour être en arrêt maladie ? Non, sûrement pas. Je ferais mieux de laisser mon corps tout seul, il vit bien plus sainement sans moi. Adieu, mon corps, porte-toi bien ! Je ne tenterai plus de déchiffrer mes douleurs corporelles partielles. Au lieu de cela, je lirai Celan. Ce sera la chose la plus sensée que je puisse faire entre le lever et le coucher d'un soleil. Les soleils sont au nombre de douze, chacun d'eux doit être pris au sérieux. Je ne veux être ni un client, ni un patient, je veux être un lecteur. N'est-ce pas ce que j'ai toujours voulu être ? Oui, bien sûr, je l'ai toujours voulu mais je n'y suis jamais arrivé car il arrivait toujours quelque chose entre-temps. Je devais constamment régler quelque chose pour d'autres personnes. Au lieu de lire, je prenais un train régional bondé pour rendre visite à ma grand-mère toute seule à l'hôpital. Mais une fois sur place, on me disait qu'elle n'y avait jamais été admise. Le voyage avait été en vain. Ensuite, je devais aller chercher l'enfant de ma copine à la crèche. Quand j'arrivais, il était trop tard. On était déjà venu chercher l'enfant. Devant la crèche, un étranger m'adressait la parole pour m'entretenir de la mort de Jésus. J'étais déconcerté. Pourquoi, s'il y va de valeurs invisibles, Jésus a-t-il exposé son corps souffrant et s'est-il fait si souvent représenter ? Je ne souhaitais rien d'autre pour moi que de rester invisible et de lire. Lire Celan. J'en étais constamment empêché. J'avais reçu d'un club littéraire une invitation à une manifestation lors de laquelle j'étais censé parler de Nelly Sachs. Je m'y étais rendu, histoire de préciser que je n'avais pas encore fait de recherches sur elle. Mais au club littéraire, on m'avait affirmé que rien n'avait été prévu sur cette poétesse et qu'il en serait de même à l'avenir. C'était une provocation, pas contre moi, mais contre la littérature tout entière. Pourquoi ne voulaient-ils pas organiser une soirée pour Nelly Sachs ? J'avais contredit les gens du club littéraire, je leur aurais presque hurlé dessus. Nelly Sachs méritait l'attention. Elle avait tenu bon dans l'après-guerre à peu près aussi longtemps que Celan. Nelly Sachs est morte vingt-deux jours après Celan. Le jour où fut enseveli le cadavre de Celan, retrouvé dans la Seine. Elle avait vingt-neuf ans de plus que lui, elle voulait être son ange gardien mais n'avait pas pu lui sauver la vie. Mais qui peut être un ange ? Les gens du club littéraire avaient appelé la police et raconté aux deux policiers accourus que j'avais brisé à coups de poing la vitrine du club littéraire. Ma main saignait et des éclats de verre scintillaient au sol. Je ne voulais pas passer pour fou. Aussi expliquai-je que j'avais voulu voler des livres rangés dans une vitrine. Je préférais être voleur plutôt que fou. À cet instant seulement, j'avais vu derrière la vitre le nom de Gottfried Benn. Des volumes de poésie étaient exposés, et uniquement les siens. Je m'étais empressé de déclarer que je m'étais trompé, que je ne voulais chiper aucun livre de ce poète. Les policiers étaient repartis sans m'arrêter. Je gaspille trop de temps en activités qui ne mènent à rien. Maintenant je veux lire, simplement lire.

4

Le vermis cérébelleux et l'arbre de vie

Patrik est enfin face à la personne avec laquelle il peut parler de Celan. L'entretien doit commencer, mais comment ? *Comment allez-vous ?* serait un début approprié. Mais, contre sa volonté, jaillit une série de mots qui tiennent plus de la formule magique que de la salutation.

« Œil, barbe, dent, cerveau, cœur, cou, main : comment les assembler ? »

Pourquoi Patrik n'a-t-il pas demandé à Léo-Éric comment il allait ? Avant le lever du rideau, il convient de jouer un prélude adéquat. Mais Léo-Éric ne semble pas surpris par cette singulière entrée en matière, il accepte sans sourciller le plein volume du baryton et entre sereinement dans le premier acte de la pièce inconnue. À lui revient la partie du ténor.

« Le méridien du cœur. Le cœur, le cou, les yeux et les mains se situent sur le trajet du méridien du cœur. Je vous ai entretenu la dernière fois du méridien du foie. Il existe en tout douze méridiens principaux et le méridien du cœur est l'un d'eux. Sa branche la plus importante va du cœur au tissu du globe oculaire en passant par l'œsophage. »

La sincérité dans la voix du ténor, le soupçon d'accent français et les traits transtibétains de son visage se mêlent en un breuvage magique dont Patrik est un peu grisé. La voix chancelante, il demande :

« Monte-t-il du cœur par la gorge pour aller jusqu'à l'œil ? À la fin, atteint-il le cerveau ? »

Patrik est calé contre le dossier flexible de son siège en plastique blanc et, les yeux mi-clos, il surarticule chaque mot, comme pour priver de vitesse les mots impatients.

« Je ne crois pas que cette branche aille jusqu'au cerveau. D'ailleurs, mon grand-père ne parlait ni de cerveau ni d'encéphale. Chez lui, cet organe s'appelait mer de moelle.

— Mer de moelle ?

— Le cerveau est rempli de moelle.

— D'où vient la moelle ?

— Je ne sais pas précisément, mais les os de la colonne vertébrale contiennent de la moelle osseuse.

— Le cerveau se nourrit de la colonne vertébrale ?

— Mon grand-père disait à l'occasion que la mer de moelle devait se nourrir avant tout du sang du cœur. Le méridien du cœur relie le cœur au tissu du globe oculaire. »

Entendant cela, Patrik éprouve une soif inquiète. Sa rétine est sèche, même en clignant intensément il n'arrive pas à l'humecter.

« Dès que j'entends le mot *tissu,* je m'aperçois que mes yeux ont soif. Je vais bientôt devoir boire quelque chose. Où est la serveuse ?

— Est-ce que vos globes oculaires battent comme un cœur ?

— Oui. Chez moi, trois pommes grenades battent au même rythme : le cœur et deux yeux. »

Léo-Éric n'est apparemment pas choqué par cette formulation, au contraire. Patrik se sent encouragé à continuer.

« Mes globes oculaires font tic-tac comme des bombes. Mais ne vous en faites pas ! Je vais bien.

— Est-ce que ce battement se fait sentir aussi dans la main ?

— Non, plus maintenant. Depuis qu'elles ont été opérées, mes mains sont mortes. J'étais étendu sur la table d'opération, j'étais une chauve-souris aux ailes blessées et je me disais, comme c'est bizarre, je ne suis quand même pas amateur de Johann Strauss, je ne voulais pas aller voir l'opérette *La Chauve-Souris,* mais *Arabella* de Richard Strauss. Actuellement, les opéras modifient leurs programmes à la dernière minute, c'est ce qui m'a valu le bonheur de goûter une musique qui ne figure pas sur ma liste. J'étais en retard, j'aurais dû retirer depuis longtemps le billet réservé par téléphone. Le conducteur de bus a dit que, d'après la nouvelle loi sur l'immigration, je n'avais pas le droit de monter. Bizarre, car j'ai immigré avant ma naissance, pas après, c'est-à-dire que mes parents étaient des immigrés. Je n'avais pas le temps de discuter politique. J'ai pris mon vélo déglingué pour dévaler l'avenue. À l'instant où me venait une idée géniale, une voiture, arrivant de la droite, m'a coupé la route. Crissements de freins, le temps s'est arrêté, seul mon corps a été projeté dans un avenir obscur. J'ai fait un vol plané par-dessus la voiture et j'ai atterri de l'autre côté. Tout cela est allé trop vite, je n'ai pas eu la possibilité de décider la manière dont je tomberais. Mes mains ont été plus rapides que mon cerveau, elles ont voulu protéger mon visage et ont heurté la pierre du trottoir. Après l'opération, mes mains ont fonctionné de nouveau impeccablement, du moins comme outil, mais le lien avec le cœur était déchiré.

— Quelle était donc cette idée géniale à l'origine de cet accident de bicyclette ? »

Patrik a honte d'avoir employé le mot *génial.*

« L'idée n'était pas si géniale que ça. Je trouvais seulement merveilleux que le nom *Arabella* ait trois fois la lettre *a* ! Aucun des personnages n'a un nom germanique, tous ont reçu un *a* en récompense. Arabella, Mandryka, Adelaide, Waldner, Zdenka et Matteo. Ça sonne vraiment comme à Vienne, où slavité et italianité vont de soi.

— La voyelle *a* est peut-être propice pour chanter l'opéra car il faut ouvrir la bouche le plus grand possible ?

— C'est ce que je me disais autrefois moi aussi. Mais si j'observe attentivement la bouche d'une cantatrice d'opéra, je m'aperçois qu'elle n'ouvre pas la bouche beaucoup plus grand pour un *a* que pour les autres voyelles. En revanche, pour le *i,* ses lèvres sont curieusement ouvertes à la verticale. Moi, pour crier *a* ou *o,* j'ouvre la bouche comme une fenêtre et je laisse sortir le vent depuis l'intérieur. Chez la cantatrice, c'est tout à fait différent, elle doit totalement contrôler le son. La voix, ce n'est pas du vent.

— Chacune des voyelles, prise isolément, sollicite un sentiment particulier. J'ai peur de la voyelle allemande *u*. Elle est menaçante avec sa sonorité *ou*.

— En même temps, elle a quelque chose qui inspire la confiance. Le mot *du,* "tu", par exemple, a très bien assimilé la voyelle *u*.

— Et *d*? Ce *d* qui a la tête dure, est-ce qu'il est propice à une amitié ?

— *D* provient de *denken,* "penser", qui a beaucoup d'angles, de pointes et de contours. *Denk dir!* "Dis-toi". Celan a répété quatre fois cet appel dans le dernier poème de *Soleils de fil.* C'est tout de même très différent de "Fugue de mort", où le rythme était donné par les *nous* et les *il. Il* appartient au groupe *nous,* et il y a un *il* qui est le maître de la destruction. Jusque-là, c'est clair. Mais qui est ce *tu* dans "Dis-toi" ? Je trouve que la deuxième personne du singulier est un danger pour la première personne du singulier. Une maladie du reflet. Deux fois *d,* dans *Dorn,* "épine", et *Draht,* "fil de fer".

Une épine cause des douleurs et un fil de fer permet la privation de liberté. Une épine reste dans l'œil, un fil relie tout de même deux humains l'un à l'autre. Ce poème est totalement différent de tous les autres poèmes du livre. La guerre des Six-Jours a réveillé chez le poète les prisonniers du *Chant des déportés.* Je les croyais enterrés depuis longtemps. Ce n'est apparemment pas le cas. Israël doit vivre, mais Celan, comme il l'écrit à Franz Wurm, ne veut pas penser jusqu'au bout cet enchaînement de guerres qui se met en place. Pas étonnant que Celan n'ait pas pu le penser jusqu'au bout, puisque, cinquante ans après sa mort, ce bout n'est toujours pas arrivé.

— Un poème politique ?

— Oui, mais un poème dont les personnages principaux sont les lettres. La lettre *d* dans *denk* et *dir,* "dis-toi", nous rappelle qu'aucune action ne peut être intransitive. Seulement penser, se dire, sans objet, ça ne va pas. Et le verbe mourir ? Est-ce que je peux mourir ma mort ou bien est-ce que je meurs intransitivement ?

— Et le verbe vivre ? On peut vivre sa vie.

— Oui, mais pour vivre, il faut habiter. Il faut habiter un lieu. Il y a des gens qui travaillent dur, avec leurs mains et une bêche, pour créer un endroit habitable sur cette terre. La lettre *d* se trouve dans *Hand,* "main", et dans *Erde,* "terre". Les humains entrent dans le pays lointain, nuit et jour ils piochent, bientôt ils comprennent qu'ils n'obtiendront pas de lieu habitable. Auparavant, on les a privés d'yeux et de forme. Ils ne peuvent même pas être ensevelis. Tout cela se trouve dans ce poème avec son *d* pensant.

— Mon grand-père aussi a suivi à la radio le début de la guerre des Six-Jours. On a d'abord été informé des attaques aériennes par surprise des Israéliens sur les bases militaires égyptiennes.

— À l'époque, on apprenait encore tout par la radio. La radio, pour moi ce serait mieux qu'Internet. Si je ne suis pas bombardé de vidéos colorées, j'arrive à réfléchir de manière plus posée et plus raisonnable à un événement. Quand j'étais jeune, j'étais dérouté par la beauté visuelle des bombes. Il suffit que je voie les mots *Soleils de fil* et ça fait clic.

— Comment dois-je comprendre ça ?

— Je ne peux pas m'empêcher de penser à une sorte spécifique de bombe qui projette des fils blancs dans l'air. Je vois vraiment des explosions au-dessus de moi. Un jour, mon thérapeute m'a dit que malheureusement, le mot *paranoïa* était passé de mode. Certains patients préfèrent de loin ce mot aux concepts qui font leur apparition de nos jours.

— Selon mon grand-père, il suffisait d'un signal infime pour que Celan sente sur lui le fer de la chaîne des guerres. Aux yeux de la plupart des gens, ce n'était que paranoïa.

— Je ne laisse pas mon cœur faire tic-tac au rythme d'une bombe. Il faut un autre système pour conduire mes organes. Où en étions-nous ? Où passent les autres branches du méridien du cœur ? Y a-t-il une relation avec la main ?

— Oui, naturellement. La branche principale va du cœur au poumon, elle dessine un arc jusqu'au bras, se poursuit jusqu'au creux du coude et se termine à l'intérieur de la main. »

En expliquant ce trajet, Léo-Éric, de ses longs doigts, caresse sa propre poitrine et descend jusqu'au creux de son coude. Il s'enfonce brièvement dans un souvenir qui semble sommeiller dans un lointain passé, laissant Patrik, seul dans le présent. Comme un enfant abandonné et solitaire, il s'adresse tout bas au revers de sa main gauche en la tutoyant.

« Toi, ma main, tu fais tout pour moi. Elle ouvre la porte de chez moi, elle tourne le robinet, elle repousse les murs quand ils essaient de m'écraser. »

Léo-Éric se réveille de son souvenir et demande, un peu effrayé :

« Quels murs ?

— Eh bien, on ne peut pas dire qu'il existe un espace ayant une taille fixe.

— Mais alors quoi ?

— L'espace peut devenir autonome et se retourner contre moi. Les murs se rapprochent de plus en plus, les fenêtres rétrécissent.

— Comment les murs peuvent-ils se retourner contre toi ? »

Léo-Éric a posé cette question en passant discrètement au *tu*. Patrik est content, il frémit en son for intérieur, en même temps deux détails le perturbent : premièrement, ce changement s'est fait à l'accusatif, Léo-Éric n'a donc pas dit *tu,* mais *toi,* et deuxièmement ce changement s'est accompagné de la préposition *contre*. Ce n'est pas un beau début pour une amitié. Patrik n'a pas le cœur d'exprimer sa réticence. Alors il continue à exposer sa théorie de l'espace.

« Si un espace s'étend vers l'intérieur, il en résulte une exiguïté et je n'ai plus de place pour moi. Dans le cas contraire, c'est-à-dire lors d'une extension de l'espace vers l'extérieur, je n'ai plus d'appui. »

Léo-Éric retourne ses deux paumes, qu'il tenait posées sur la table, et réagit avec une véhémence inattendue.

« En fait, tu veux écrire sur Celan, mais comme tu te crois au-dessus de ça, ce qu'il y a de poétique ou menaçant se reporte sur ta vie privée. Tes sensations sont intéressantes, de prime abord, mais elles ne sont qu'un faible reflet du grand art. Tu ne mentionnes même pas le nom de l'artiste. »

Pour la première fois, Patrik se sent agressé, et il se tait. À peine son ami a-t-il commencé à le tutoyer qu'il analyse sa théorie de l'espace comme une faiblesse.

« Je t'en prie, ne t'énerve pas ! Il m'est arrivé plusieurs fois d'observer des personnes jeunes et douées en train de chuter. Quand on m'appelait au secours, il était toujours trop tard. Cette fois, je veux décliner ton futur, sans réserve.

— Qu'entends-tu par là ? Je ne comprends pas vraiment.

— En ce moment, nous sommes assis face à face. Tu es Stockholm, je suis Paris. »

Patrik sourit faiblement, avec quand même une petite pointe de joie, il s'aperçoit que les minuscules vis du châssis en bois qui comprime son crâne commencent à bouger et à se desserrer. C'est le châssis de bois que sa mère utilisait autrefois pour broder. Assise face au mur de la pièce, elle était plongée dans son ouvrage. Il n'avait pas le courage de s'adresser à son dos. Il craignait peut-être qu'elle ne se retourne pas même s'il l'appelait à haute voix.

« Si j'étais Stockholm et toi Paris, la ligne la plus courte qui nous relierait ne passerait pas par le centre du globe terrestre, dit Léo-Éric.

— C'est juste. Le courrier ne traverse pas les laves brûlantes dont est fait le centre du globe. Les lettres glissent toujours sur la surface de la terre. Celan a écrit beaucoup de lettres. Vraiment beaucoup. Je n'arrive pas à croire qu'on puisse écrire tant de lettres, dit Patrik.

— C'était une question de survie. La rage, les douleurs et l'angoisse devaient s'écouler, il ne fallait pas qu'elles se figent, dit le petit-fils du médecin.

— Il y a beaucoup de choses figées en moi. Je n'arrive pas à écrire. Je suis bloqué. Je devrais peut-être essayer un traitement d'acupuncture. Mais j'ai peur d'avoir mal, ou plus exactement, j'ai peur de l'idée que je pourrais avoir mal. Les piqûres d'aiguille aux doigts sont sûrement douloureuses. J'ai des mains hypersensibles. Rien qu'ouvrir des lettres, cela les fait saigner. »

Sur ce, Léo-Éric effleure de la pulpe des doigts le bout des doigts de Patrik et dit :

« Ça ne fait pas mal. Ta main peut tout faire sans souffrir : ouvrir des lettres, écrire un texte ou serrer la main à des amis. Ça te fait mal ?

— Non.

— C'est à cet endroit que le méridien du cœur rencontre le méridien de l'intestin grêle. »

Patrik retire sa main et il a honte de ne pas pouvoir supporter plus longtemps un inoffensif contact physique. Afin de dépasser rapidement cet épisode gênant et passer à l'acte suivant, Patrik se met à parler.

« En 1884 s'est tenue une grande conférence internationale sur le méridien et, depuis, le plan méridien de l'observatoire de Londres est le méridien de référence. Il y avait d'autres méridiens auparavant, mais en fait, il ne s'agit pas pour nous d'être reconnus comme méridien zéro. Il existe de nombreux méridiens, et jamais ils ne se croiseraient s'ils ne passaient pas tous par le pôle Nord et le pôle Sud.

— Exactement. Celan ne s'intéressait pas à l'axe autour duquel le monde tourne. Même s'il pensait en termes cosmiques et cosmopolites, sa conception du méridien était très personnelle. Quelles zones climatiques atteindrons-nous si nous prolongeons la ligne reliant Paris et Stockholm ?

— Peut-être la forêt équatoriale d'Amazonie au Brésil ? Tropes et tropiques me rendent triste. Il ne faudrait pas lire les mots comme des métaphores. Si on fait ainsi – comment disait-il, déjà, ce critique littéraire ? –, on reste coincé dans le sous-bois des mots morts. Par exemple la barbe et la dent.

— Comment ça, la barbe et la dent ?

— Elles apparaissent dans *Soleils de fil* et sont constituées de quatre lettres, *Bart* et *Zahn.* »

Léo-Éric caresse son menton glabre et dit :

« Un jour, j'étais tout petit, j'avais un mal de dents terrible. Je suis allé voir mon grand-père, mais il m'a ordonné d'aller séance tenante chez le dentiste. Mon grand-père tout-puissant, lui qui était capable de me délivrer de toutes les douleurs, voilà qu'il m'expédiait chez le dentiste, qui travaille avec des pinces et des roulettes ! J'étais horrifié.

— L'acupuncture ne marche pas contre le mal de dents ?

— Elle peut atténuer la douleur, mais pas améliorer l'état de la dent. La dent est trop dure.

— Pour Celan, l'âme était tout aussi dure que la dent. On a besoin des deux pour chanter. Tu as déjà vu une cantatrice sans dents ? Impossible. Une cantatrice doit avoir de bonnes dents. Joséphine, par exemple, chante magnifiquement. Certains trouvent sa voix aussi étrange que celle d'une chauve-souris. Et pendant que je suis chez Kafka : un choucas n'a pas besoin de dents pour chanter. »

Léo-Éric rit, il semble apprécier les constants sautillements et déraillements de Patrik. Il joue le jeu et creuse la question :

« Et la barbe ? Est-ce que le choucas n'a pas besoin d'une barbe pour chanter ?

— Non. Kafka ne voulait surtout pas porter la barbe, probablement parce que son père en avait une. Il avait un miroir de rasage posé sur son bureau, comme s'il était nécessaire de se raser de près pour écrire.

— Est-ce que la barbe a pour Kafka quelque chose de patriarcal ?

— Pas forcément. Oskar Baum portait une barbe, Felix Weltsch aussi.

— Ah bon ? Dans *Soleils de fil* on lit : *la barbe de lumière du patriarche.*

— Non, ça, c'est dans *La Rose de personne.* Dans *Soleils de fil,* c'est *barbu de lumière,* ou plus exactement, *barbu de-lumière, licht-/bärtig,* séparé par un trait d'union, et ça se trouve dans le poème "Septembre, Francfort". Il y est question aussi du front de Freud. Est-ce que c'est de sa barbe qu'il s'agit ? »

Patrik est lui-même surpris de voir dans sa tête, sur un écran, toutes nettes comme des photos, certaines pages de *La Rose de personne* ou de *Soleils de fil.* Aurait-il une mémoire eidétique ? Il n'est même pas capable de se rappeler au quotidien les choses les plus simples, par exemple s'il a ou non mis un terme à sa relation avec sa copine. En revanche, il n'oublie jamais certains poèmes, devenus vaisseaux et fibres de lui-même et dont les mots poursuivent seuls leurs entrelacements, comme une langue étrangère qui tisserait pendant le sommeil de nouvelles liaisons. La cantatrice préférée de Patrik évoque cela dans son autobiographie. D'après elle, les langues étrangères, précisément, poursuivent leur développement dans le cerveau pendant qu'on dort et sans qu'on s'en préoccupe.

« À quoi penses-tu ?

— Il y a des poèmes qui travaillent en moi depuis que ce n'est plus moi qui travaille sur eux. Ils sont comme des langues étrangères. D'une manière générale, on devrait étudier le rapport entre sommeil et langues étrangères. La poésie, en soi, est une langue étrangère. Elle me nourrit, et parfois c'est moi qui la nourris.

— Travailler avec la poésie pendant son sommeil, c'est risqué. Tu perds le contrôle. Au lieu de te laisser dévorer, tu ferais mieux de pratiquer une science active.

— Tôt ou tard, nous serons tous dévorés. Certains en deviennent muets, d'autres chantent.

— Si tu ne présentes pas de communication au colloque Celan, tu fais partie des muets.

— De toute façon, on ne devrait pas chanter quand on fait de la science.

— Qui est-ce qui te l'interdit ?

— Personne ne m'interdit quoi que ce soit, nous vivons dans un pays à haut indice de démocratie. On m'invite, puis on me laisse tomber. Le moment arrive où je n'ai plus goût à ce petit jeu. Je préfère rester chez moi.

— Cela me fait penser à saint Jérôme. Il est dans une pièce sombre et déchiffre de vieux écrits. Un crâne est posé sur sa table. Un rayon de soleil pénètre dans la pièce et colore sa barbe d'un feu blond rougeoyant. Autrefois, je me figurais que la barbe d'un vieux penseur était faite des fils de ses pensées, gris et emberlificotés. Mais cette barbe de saint Jérôme, elle, ressemble à la chevelure opulente d'une femme joyeuse. C'est cela, une barbe de lumière ?

— Sur la photo, Sigmund Freud a une barbe bourgeoise, grise soignée.

— La lumière de sa barbe vient d'ailleurs. La lampe de poche de la psychanalyse. Tu connais, non ? Toi, qu'as-tu trouvé dans la caverne obscure de l'enfance ? »

Comment Léo-Éric sait-il que Patrik a l'expérience de la thérapie ? Il sait tout, comme l'ange qui, sept jours sur sept, observe la ville d'en haut. Inutile de lui cacher quoi que ce soit.

« Pour être franc, Freud m'a plus apporté sur le plan littéraire que médical.

— Mais tu as consulté, non ?

— J'en attendais trop. Je voulais entendre ma mère chanter la *Chanson du hanneton,* mais le thérapeute disait qu'il n'était pas chaman et qu'il ne pouvait pas réveiller les morts. Ce que je voulais, il ne le pouvait pas, et ce qu'il voulait, je ne le savais pas. Pendant presque toute la thérapie, je me suis *durement tu,* les lèvres pressées l'une contre l'autre, j'aurais voulu avoir une barbe derrière laquelle cacher mon intention. Je disais *barbement tu* au lieu de *durement tu.* On se tait et, ce faisant, on élimine l'interlocuteur.

— Quand parler n'est pas possible, mieux vaut chanter que se taire. Est-ce que je raisonne d'un point de vue trop politique et culturel ? Excuse-moi, mais c'est mon métier qui veut ça.

— Tant qu'on peut chanter, il faut chanter. Quant au choucas, je veux dire chez Kafka, la tuberculose avait atteint son larynx. On croit qu'un auteur n'a pas besoin de voix puisqu'il peut écrire. Erreur.

— Mon grand-père disait que Kafka n'aurait pas succombé si tôt à la tuberculose s'il n'avait pas été déjà affaibli par la grippe espagnole. La pandémie a privé Celan de deux auteurs. Kafka et Apollinaire. »

Une ombre de taille humaine se glisse d'est en ouest, elle recouvre brièvement les clients du café, passe et les rend au soleil. Patrik discerne au ciel un nuage en forme de poisson, le visage de l'ami quitte son champ de vision et il se demande ce qui se passerait si Léo-Éric n'était pas assis là dans la réalité. Et si tout cela n'était que le produit de mon imagination ? Le gazouillis des oiseaux citadins cesse subitement et Patrik se sent obligé de prendre le relais.

« Est-ce grave que quelqu'un ne puisse plus chanter mais doive rester oiseau ? Moi, dans ce cas, je ferais chanter les lettres. Elles continueront à chanter même quand notre temps sera passé.

— C'est inquiétant, ce que tu dis là ! Un monde plein de voix qui chantent, sans un seul humain vivant ?

— Déjà maintenant, le globe terrestre est peuplé de morts. Leurs chants ne sont pas forcément beaux, mais ils méritent d'être entendus.

— Toi qui n'es pas encore mort, que chanterais-tu ?

— Une chanson du scarabée de septembre ou une autre chanson d'insecte sortant de la tombe. Dans ses poèmes antérieurs, Celan a repris des chants funèbres enfantins. Un chœur mixte farfouillera mes entrailles. Les bouts de mes doigts seront gelés, ceux de mes orteils aussi, seule la tête bouillira en une solitaire polyphonie. Je préfère m'orienter selon les nombres. Compte les lettres, compte les noix ! Pas seulement les amandes, mais aussi les cacahuètes et les noisettes ! Les casser, tu ne peux pas, mais les compter, oui. Je les ai comptées et mondées. *Auge, Bart, Zahn, Hirn, Herz, Hals, Hand,* Œil, barbe, dent, cerveau, cœur, cou, main. Je présente sans articles ni pronoms possessifs le choix que j'ai fait parmi ces noix.

— Où les as-tu trouvées ? Exclusivement dans *Soleils de fil,* ou bien as-tu aussi cherché dans *Contrainte de lumière* ?

— Dans *Soleils de fil.* À l'origine, mon projet était de recoudre avec le fil du rayon solaire le corps démembré du poète, comme un chirurgien.

— Le fil des soleils est du matériel chirurgical ?

— Oui, mais je ne sais ni coudre ni tailler. Je sais seulement compter.

— Pourquoi quatre lettres, et pas trois ou cinq ?

— Trois, c'est trop pauvre. Dans tout le recueil, le bras, *Arm,* est la seule partie du corps avec trois lettres. Une main, *Hand,* en a quatre.

— Et cinq doigts. »

Les deux hommes rient à l'unisson. Tout d'un coup, une serveuse d'allure estudiantine se tient près de Patrik et interrompt la conversation.

« Que puis-je vous servir ? »

Cette formulation correspond plutôt à celle d'une serveuse austère et d'un certain âge.

« Un jus d'orange sanguine, s'il vous plaît. »

Patrik a répondu spontanément et ce n'est qu'après coup qu'il se demande pourquoi le mot *Blut,* « sang », ne figure pas sur sa liste des quatre lettres. Probablement parce qu'il n'apparaît pas à l'état pur, mais toujours sous forme composée, *Blutstunden, Bluthufe, Hellblut,* « heures-de-sang », « sabots-de-sang », « sang-clair ». De mémoire, Patrik feuillette à toute vitesse le recueil. La serveuse ne perçoit pas l'effort qu'il fait et répond simplement :

« Nous n'avons pas de jus d'orange sanguine.

— Alors un jus de grenade, s'il vous plaît. C'est le seul fruit mentionné dans le recueil.

— Nous n'en avons pas non plus. Je peux vous proposer un jus de pamplemousse. »

Un léger énervement perce déjà dans les yeux de la serveuse tandis que sa langue garde encore une poussiéreuse courtoisie.

« Comment ça, du jus de pamplemousse ? En général, le pamplemousse est importé d'Israël. Celan n'y est pas allé avant 1969. »

La serveuse ignore les paroles du client et tourne son visage vers Léo-Éric dans l'espoir qu'il sera plus conciliant.

« Est-ce que j'apporte simplement un jus de pamplemousse à votre ami ? Et vous ? Que puis-je vous servir ?

— Je veux un cratère.

— Vous dites ?

— Dans l'Antiquité, les Grecs mélangeaient le vin à l'eau dans un cratère. D'ailleurs, sachez que c'est aussi un mot de Celan. Le vin a un effet enivrant, l'eau, elle, dégrise.

— Alors vous voulez un spritzer. Petit ou grand ? »

La serveuse adoucit les traits de son visage. Elle a peut-être catalogué les deux hommes comme de ces touristes qui ont fumé un pétard et auxquels on passe tout. Elle tourne le dos à ces deux clients et se met à parler avec ceux de la table voisine. Le regard de Patrik est collé à ses deux omoplates angéliques qui transparaissent à travers le fin tissu de soie artificielle.

« Comme les omoplates de cette femme sont jolies, hélas sa langue est endurcie. Dommage. »

Patrik commente nonchalamment le caractère de la serveuse, il se sent comme un jeune homme insouciant qui passe le temps avec son copain en jaugeant des inconnues. Chez lui, un bonheur insolent ne dure jamais bien longtemps. Patrik baisse honteusement les yeux et dit tout bas, la voix tremblante :

« Comme tu vois, mon cerveau est plein de pensées mousseuses.

— Il ne faut pas avoir honte de la mousse. Comment serait la vie, sans mousse ? La mousse protège ma peau de la lame du rasoir, elle garde sa chaleur au cappuccino et à la bière sa fraîcheur. »

Soudain, Patrik voit dans son nouvel ami un homme qui se rase le matin et boit le soir une bière bien fraîche. La nuit, il tanne sa peau lisse avec le blanc d'œuf battu que les femmes lui offrent en rêve.

« À quoi penses-tu ?

— Mon cerveau est un cabinet de débarras, il ne vaut rien comme organe de la pensée. Avec quel organe est-ce que je penserai si mon cerveau est inapte au travail ? L'estomac a une mission plus importante que de penser, les poumons aussi. Le cœur est trop fatigué.

— Pourquoi ton cœur est-il trop fatigué ?

— Parce que je m'en suis trop souvent servi comme métaphore.

— Connais-tu le poème "Sichtbar, bei Hirnstamm und Herzstamm", "Visible, près du tronc cérébral, du tronc du cœur" ?

— Oui, naturellement. "Le tireur de minuit chasse le chant des douze à travers la moelle de traîtrise et de putréfaction." Selon toi, les douze chants sont douze méridiens ?

— Je voulais te montrer ce livre. »

Léo-Éric tire de sa serviette en cuir un livre de poche, ses doigts délicats feuillettent le livre et s'arrêtent à la reproduction anatomique d'une tête humaine.

« Là, le numéro 13 s'appelle moelle épinière. Elle fait suite à la moelle allongée, numéro 12. Et là, c'est ce qu'on appelle le pont. Derrière, tu vois le vermis cérébelleux avec l'arbre de vie. C'est magnifique, non ? »

Patrik cligne des yeux et déchiffre les mots écrits en pattes de mouche.

« En effet. Le pont, le vermis cérébelleux, l'arbre de vie. Ce sont des termes médicaux spécialisés ? C'est un livre sur la médecine chinoise ?

— Non, c'est un ouvrage de base de médecine classique. *Vermis cerebelli, Arbor vitae* : du chinois spécialisé, mais pas du vrai chinois, seulement du latin. Regarde ce qui est écrit là : la moelle allongée est le segment cérébral faisant immédiatement suite à la moelle épinière.

— Chez Celan il est écrit : *moelle de traîtrise et de putréfaction.*

— On ne peut pas pénétrer plus profond dans un humain que dans la moelle.

— Tu t'y connais bien en médecine ?

— Non, seulement ce que je tiens de mon grand-père. Je ne suis même pas capable de restituer correctement ses paroles. »

Léo-Éric feuillette le livre jusqu'à un croquis simplifié du cerveau.

« Ici, on voit les mots *tronc cérébral* et *manteau cérébral.* C'est le livre que Celan lisait à l'hôpital psychiatrique. »

Léo-Éric ferme le livre et le tend à son ami. *Le Corps humain. Introduction à la connaissance de sa structure et de ses fonctions.* Le livre est publié chez le prestigieux éditeur scientifique Georg Thieme. Patrik jette un rapide coup d'œil aux mentions légales et à l'avant-propos. Le premier tirage est de 1966. L'auteur, Adolf Faller, doit être suisse.

« Il appartenait à Celan ? Tu l'as hérité de ton grand-père ? »

Léo-Éric arbore un sourire de simple fierté.

« Ce n'est pas l'original. Mon grand-père a acheté le même livre et a marqué les passages que Celan avait marqués dans son exemplaire. Ici, par exemple. Celan a souligné les mots *arc aortique.* Raison pour laquelle mon grand-père les a soulignés exactement de la même manière.

— Il a reporté les traces de lecture celaniennes ?

— C'est cela. »

Patrik feuillette le livre et trouve le mot *Hellblut,* « sang clair » souligné. Léo-Éric effleure la couverture et dit :

« Au dos de la jaquette se trouve un poème de Celan. J'avais toujours cru que mon grand-père l'avait copié dans un recueil imprimé. Mais pas du tout ! Aux archives littéraires de Marbach, où se trouve l'original, j'ai compris que mon grand-père est allé jusqu'à imiter l'écriture manuscrite de Celan. Ça, là, c'est Celan qui l'a écrit. »

Patrik regarde fixement l'écriture, du Celan copié. *Nah, im Aortabogen,* « Près, dans l'arc aortique ». Le poème est écrit au crayon, on dirait des notes prises en hâte. Comment un mot doit être déchiffré, ce n'est pas encore tout à fait clair. Là où l'on croit discerner un seul signe, il peut s'en cacher deux. Le dernier vers est étrange : *214, cette lumière.*

« Je connais ce poème, mais je ne me souviens pas que le nombre 214 y apparaisse.

— On dirait en effet que c'est 214. En réalité, il est écrit *Ziw.* »

La tête du *z* est trop arrondie et le *w* est renversé sur la droite.

« Ziw ! Maintenant, je me souviens de ce mot. D'ailleurs, que signifie-t-il ?

— Mon grand-père disait que c'était un mot hébreu.

— De toutes les façons, chez Celan, plusieurs langues sont toujours présentes, même quand il fait silence ou quand il chante.

— N'a-t-il pas dit qu'il ne croyait pas au bilinguisme en poésie ?

— Ce devait être dans un moment d'humeur. Comme les critiques n'arrivaient pas à accepter la particularité de son écriture, ils ont abusé des notions de bilinguisme ou plurilinguisme. En effet, les lecteurs conservateurs ne permettaient à un authentique poète allemand ni métaphores inintelligibles, ni mélodie orientale, mais comme Celan a un pied dans d'autres langues, ils voulaient bien lui accorder la liberté du fou, mais seulement à moitié. Une si perfide générosité rendait Celan furieux. Il ne voulait pas être exclu d'une manière pseudo-libérale.

— Est-ce que cette réaction n'était pas tout de même excessive ?

— L'art est toujours une réaction excessive. Celan écrivait en plein dans le monde du plurilinguisme. Je trouve qu'il ne se contentait pas de traduire, mais qu'il chantait dans ses traductions. Il a chanté en roumain, en russe, en français, en hébreu et en anglais jusqu'à n'avoir plus de voix. C'est le point de départ de son œuvre tardive. Cela a commencé par une aphonie.

— C'est vraiment dommage que tu n'ailles pas à Paris.

— Je suis incapable de tourner ma communication de manière qu'elle n'offense personne.

— Est-ce que le but de la science est de n'offenser personne ?

— Le mot *but* suffit à me rendre fou.

— La prochaine fois, si tu veux, je pourrai te prêter un autre livre. *Le Caractère écrit chinois, matériau poétique,* d'Ernest Fenollosa et Ezra Pound. Celan avait aussi ce livre sur son étagère. Il est sûrement intéressant à propos du plurilinguisme. Tu lis le chinois ?

— Non.

— Ça ne fait rien. Il y a plus d'un poète qui lisait des caractères chinois sans les connaître. Par exemple Victor Segalen. »

Patrik sourit et songe qu'il touchera l'étrangeté à mains nues, et que c'est bien là la voie royale de la poésie.

5

Collision des temps

Patrik marche. Marcher est un processus dont le commencement est toujours dans le brouillard. De quelle manière a-t-il pris congé de son ami au café ? A-t-il bu tout le jus rouge sang ? Il se souvient seulement que Léo-Éric lui a prêté le manuel de médecine. Pour un livre de poche, ce trésor des mots du corps est étonnamment lourd.

Patrik doit rentrer chez lui, personne ne l'y attend, sauf Richard Strauss. Plus le marcheur pense, plus le chemin s'allonge. Déjà la voix d'Octavian se fait entendre derrière le rythme de la marche. *Com, me, tu, é, tais, com, me, tu, es, nul, ne, le, sait, nul, ne, de, vi, ne* : une syllabe, un pas. Patrik, dans sa tête, est déjà arrivé chez lui, ses mains tremblantes, fébriles, ouvrent impatiemment l'étui du DVD, et déjà il lui est donné de jeter un coup d'œil sur les pépites d'or serrées dans l'étroite fosse d'orchestre. La musique est parfois aveugle comme un cœur humain. Elle ne s'aperçoit pas toujours que, près d'elle, on force un prisonnier à prendre une pelle et à creuser sa propre tombe. Le compositeur, que ne pouvait-il et que ne voulait-il pas voir ? Les instruments à cordes ont des couleurs boisées douces comme le miel. Vus de devant, les musiciens ont un plastron blanc et, vus de dos, ils sont noirs comme l'orque. On cherche encore çà et là le *la* du diapason. Arrive alors le chef d'orchestre, gratifié d'un à-valoir d'applaudissements déférents. En réalité, Patrik n'est pas assis dans le public, ses chaussures doivent encore fouler d'innombrables pavés.

Rentrer chez soi devrait être chose facile. Pour rejoindre automatiquement son point de départ, il suffit d'enrouler comme un étroit et long tapis le chemin parcouru à l'aller, et le voilà de nouveau, le point de départ. Mais alors, pourquoi le thème du retour est-il si important en art ? Reviens ! appelle la mère. Elle veut que son fils s'empresse d'enrouler le tapis maculé de sa vie et rentre chez ses parents. Il a le choix : aller de l'avant jusqu'au giron de la femme suivante ou bien retourner dans le giron de sa mère morte.

Quand on est capable de faire un pas chaque jour en s'éloignant de chez soi, on n'est plus un patient. Patrik n'est plus un patient car il a désormais un ami, un ami qui lui a même confié un trésor de famille. Le grand-père de Léo-Éric, de sa propre main, a reporté les marques de lecture de son poète préféré et aujourd'hui Patrik peut emporter ce livre chez lui. C'est comme s'il avait sur lui un morceau du Paris des années soixante.

Patrik se hâte de regagner ses quatre murs. Il aime son appartement, plus exactement, il aime le numéro de son immeuble : dix-sept, un nombre premier, qui ne se laisse diviser que par le nombre un, instance suprême, et par lui-même, dix-sept.

Il compte les marches de l'escalier, il monte et compte, compter motive la montée. Quand il est arrivé à quarante-sept, sa clé entre dans la serrure. Son appartement se trouve juste en dessous du toit velu de la maison. Une petite lucarne terne forme l'unique ouverture vers l'extérieur, et si le ciel le veut bien, la pièce n'a rien d'une obscure tanière. Des herbes jaune paille poussent entre les tuiles. Un moineau coupe en deux le rectangle de bleu. Patrik ôte son blouson. Il pensait que le blouson faisait de lui un Patrik-citoyen. Apparemment, c'est le contraire. Le blouson l'oblige à ressembler à quelqu'un, et cela le distrait de lui-même. Vêtu de son blouson, il est le patient, parce qu'il n'a pas d'autre *métier.* Sans son blouson, il peut être simplement Patrik, un nom rempli de rien.

Il accroche le blouson à une patère fixée au mur par deux clous. Les têtes des clous ressemblent aux yeux ronds d'une chouette. Leurs yeux argentés pleins d'intelligence observent attentivement ce que Patrik va faire ensuite. Le téléphone sonne et Patrik sursaute comme si sa peau avait touché un fil électrique. Ce n'est pas possible que le téléphone sonne. Le câble est débranché et gît par terre comme un serpent qu'on aurait assommé, la tête de travers. La sonnerie, qu'elle imite une mélodie de Mozart ou le cri du petit de la mouette, tranche dans les artères du temps. Le temps saigne, son aorte est entaillée. Patrik redevient le patient, il rampe au sol, tire le câble et jette la prise par terre. Quelqu'un s'introduit dans l'appartement en mon absence et branche l'appareil. Je ne donne mon numéro de téléphone à personne puisque personne ne me le demande. À part la bouilloire et la modeste performance d'un moineau, aucun son ne devrait se faire entendre dans mon appartement, sauf quand un DVD le transforme en salle d'opéra. La sonnerie de téléphone est une marque de honte dans l'histoire de la culture, une bavure d'encre sur une partition, une plaie dans l'oreille ! Les innocents yeux noirs de la prise me lancent des regards suppliants. J'observe les broches de la fiche et je me dis que l'appel téléphonique pourrait venir de la cantatrice. Récemment, je lui ai écrit une lettre que j'ai envoyée à l'adresse du Boston Symphony Hall où devait avoir lieu son concert. Le concert a sûrement été annulé, comme tous les concerts. En plus, la cantatrice était tout le temps à Berlin puisque je la voyais souvent dans la rue, j'aurais pu lui glisser la lettre directement dans la main. La lettre ne m'a pas été retournée d'Amérique, on la lui a peut-être fait suivre. Ma lettre était au moins aussi passionnée que celle de Tatiana à Onéguine. Pour être franc, j'ai chipé des phrases à Pouchkine. Mais comme il s'agit de ma propre traduction du russe, avec des fautes, il n'y a pas de risque d'atteinte aux droits d'auteur. J'ai donné mon numéro à la fin de la lettre. Je remets la fiche dans la prise. Après tout, la fiche et la prise se complètent comme le yin et le yang. Si on m'appelle, ce ne pourra être que la cantatrice. Folie des grandeurs, je sais. En tout cas, ce sera plus probablement elle qu'une autre diva qui m'appellera, car ma cantatrice, dans sa jeunesse, après avoir été elle-même confrontée à la froideur des artistes connues, s'était promis, si elle devenait célèbre un jour, de ne jamais se comporter ainsi. J'ignore si elle consacre suffisamment de temps à chaque admirateur. Il est déjà assez extraordinaire qu'elle ait réfléchi à la question. Car ce n'est pas une prêtresse, mais une diva.

La nuit que j'avais passée à écrire cette lettre illumine ma mémoire plus que toute autre nuit. Une nuit durant, j'ai été Tatiana rédigeant une longue lettre d'amour à l'adresse d'Onéguine. Ces heures d'ivresse m'ont comblé comme aucune autre dans le passé, j'aurais donc mieux fait de jeter ensuite cette lettre au feu et de ne pas importuner la destinataire. Elle n'a pas à me connaître. Même sans savoir que j'existe, elle me présente chaque soir un vaste paysage d'humanité. Sans elle, mon espace continuerait de rétrécir et aurait tôt fait de m'effacer. Grâce à elle, malgré ma maladie, j'arrive à marcher loin et à rire gaiement. Un être humain a besoin d'un grand amour non payé de retour dont l'impossibilité enrichit sa vie. Est-ce que c'est vieux jeu ? Cela ne me suffit pas d'être vieux jeu. Je veux être le contemporain de Pétrarque et de Shakespeare. Ou, plus loin encore dans le passé, d'Hippocrate, le plus ancien de ceux qui sont mentionnés dans *Soleils de fil.* Il était obsédé par le nombre quatre, comme moi. Aux quatre coins de ma table de travail j'ai inscrit au feutre quatre qualités, *chaud, froid, sec* et *humide.* En fonction de quoi je pose ma tasse de café chaud toujours devant à gauche, une eau minérale fraîche au fond à gauche, les livres au fond à droite et devant à droite un tissu avec lequel j'essuierai mes larmes. Mais je ne peux pas pleurer. Depuis quand n'ai-je pas pleuré ? Le cœur rouge est chaud et humide, le foie jaune est chaud et sec, froide et sèche la rate noire, froid et humide le cerveau blanc. Le patient récite le tableau d'Hippocrate comme une comptine. Cela l'apaise que les choses puissent être classées selon quatre directions. Enfin il peut cesser de marcher et se retrouver entre quatre murs. Un des murs est sucré, le deuxième amer, le troisième aigre et le quatrième salé. À l'instar des Chinois, Hippocrate pensait que les parties de notre corps sont en correspondance avec le cosmos, un cosmos que nous percevons en couleurs, goûts et températures. Qui se connaît en cette matière est capable de diriger les organes et de garder fluides les humeurs corporelles.

Qu'il soit somnolent ou insomniaque, le patient va se coucher quand il fait encore jour. Ses quatre membres s'orientent aux quatre coins du lit, il commence à parler avec le cinquième. Vers où doit-il aller, le cinquième membre ? Doit-il chercher une femme auprès de laquelle ce n'est pas seulement un membre, mais un être entier qui peut vivre en parasite ? Le lit est un quadrilatère, un livre aussi. Est-ce pour cette raison que le drap est le support adéquat pour lire des poèmes érotico-médicaux ? Le patient n'a même pas à ouvrir le livre dont il a scanné intérieurement tant de poèmes. Parmi eux, deux sont obscènes, le mot « obscène » ne lui viendrait même pas à l'esprit si Celan ne l'avait pas utilisé.

Suivre des pensées obscènes est une tentative désespérée d'extraire de soi les ultimes hormones utilisables. Pour atteindre ce but, on interprète un point au cœur comme un signe de sentiment amoureux et une grosseur dans la nuque comme le poignet d'une femme qui cherche le contact. La guerre est terminée depuis longtemps, mais la porte de la maison a encore un goût de brûlé. Ou bien est-ce à cause de ma langue fuligineuse ? Le processus de métamorphose du bois en charbon est irréversible. Dehors, une alarme incendie se déclenche. Le patient bondit de son lit. La guerre n'est pas encore terminée. Il presse contre sa poitrine le livre prêté par Léo-Éric. Il ne faut pas que les mots soulignés se perdent dans le chaos guerrier. À travers la petite fenêtre au carreau sale, le patient aperçoit un nuage en forme de pantoufle. Et pas une seule bombe ne tombe à la ronde. Soulagé, le patient ouvre le livre de médecine. Page six, la sexualité est expliquée en deux lettres, x et y. Suivent plusieurs dessins d'embryon. La médecine fait comme si les chromosomes devenaient directement un embryon. Ce qui se produit lors du passage des uns à l'autre n'est pas expliqué. Celan a-t-il sauté la représentation de l'embryon ou bien s'est-il senti revenu au temps du pas-encore-né ?

Nombreux sont les poètes qui ont chanté la splendeur de leur bien-aimée, mais seul Celan a évoqué les tissus érectiles de la femme. Que se produit-il quand le cœur bat plus vite, que le sang s'écoule plus vigoureusement par le ventre et les cuisses et que gonfle le rideau de soie ? Les médecins nomment cela *commissure,* et Celan le nomme de même, il s'agit donc ici d'une circulation entre tu et je. La circulation en ville est aussi une circulation, pour Celan cette idée ne gâchait rien et représentait plutôt une autre voie possible lorsqu'il se voyait éconduit. Il nomme cela *interdiction d'accès.* En fait, ce n'est pas une interdiction, mais plutôt un péage. Pour passer il faut payer un octroi. Voilà une luciole, dit-il. Pourquoi un coléoptère ? Le mot italien pour dire luciole, *lucciola,* a un autre sens : prostituée. La mère du poète, qui lui chantait la *Chanson du hanneton,* avait été assassinée. Des paysages dévastés, des corps, des débris. On a brisé des personnages en terre cuite et enseveli les débris aux quatre coins des champs de céréales : un rituel pour que la récolte soit bonne. On a brisé les membres de la poupée et elle est juste en train de creuser sa propre tombe. Il ne s'agit pas d'un rituel pour que la récolte soit bonne, il s'agit d'un crime. Cette poupée, c'est moi. Mes camarades de classe l'ont pulvérisée. Je ne pouvais même pas savoir si j'étais une victime par hasard ou non. Depuis, je m'enfermais dans les toilettes à la récréation et, après l'école, j'empruntais chaque jour un nouveau détour pour rentrer à la maison. Soit ces mesures de sécurité ont parfaitement fonctionné, soit personne n'avait l'intention de me torturer durablement. Je suis encore en vie, pas ma mère.

Le patient perçoit une légère douleur, l'arête du livre appuie sur son poignet gauche. L'expression *manteau cérébral* lui vient à l'esprit, il se met à feuilleter fébrilement le livre et tombe aussitôt sur ces mots, on dirait qu'il savait exactement où les trouver. Celan les a soulignés, le grand-père de Léo-Éric les a soulignés, et c'est maintenant au tour du patient de les lire, de les interpréter et de les transmettre.

Le cerveau est vêtu d'un manteau pour se protéger de la froideur de l'humanité. Comme je ne me promène pas le cerveau à nu, je prends moins de risques que quelqu'un qui court les colloques et projette en continu sur un écran le contenu de son cerveau. Je ne vais pas manger avec d'autres participants après ma communication, mais cela ne veut pas dire que j'aille boire en solitaire ni que je me rende au bordel de la ville pour rincer le mauvais goût que j'ai dans la bouche. Les lucioles peuvent rester sur la rive du fleuve, je ne me déplace pas dans leur direction. Je ne quitte pas mon appartement, je ne sacrifie pas mon foie pour un septième ciel. Je suis dérangé par l'odeur corporelle de Celan exhalée soudain par le manuel d'anatomie. Le poète produit son lait masculin dans la vésicule, et son regard longe en titubant les courbes des hanches d'une femme alors qu'elle n'est pas là. Pourquoi est-il seul ? On a fait de lui un être monstrueux que personne ne supporte à la longue. L'isolement est une peine de mort dissimulée. Est-ce un châtiment que d'être métamorphosé en monstre ? Hippocrate disait que la maladie n'était pas un châtiment divin. Le premier pas de la médecine pour affranchir le malade.

Je ne suis pas un animal de sacrifice et le livre d'anatomie n'est pas un abattoir. Délicatement coloriés en rose, les dessins des années soixante se présentent là avec modestie. Le cœur, le foie, le cerveau, ces images m'apaisent. Celan lui aussi feuilletait peut-être ce livre d'anatomie comme fait un enfant au lit avec un livre d'images. Magiciens, sorcières et monstres protègent le dormeur du cauchemar du génocide. L'anatomie offre un ordre apaisant où chaque organe a sa place. Et puis, un foie est simplement un foie, ni plus, ni moins. Sa tâche est de désintoxiquer, il travaille méticuleusement dans l'obscurité, sans lampe ni chronomètre. On ne voit pas son propre foie ni celui de son interlocuteur. Si je devais voir tout d'un coup plusieurs foies en même temps et distinguer le mien comme étant le dix-septième, c'est que mon âme se déplacerait dans les airs. Je survole un champ de bataille jonché de ventres ouverts et sanglants. Je vole parmi les vautours et les anges, je ne puis échapper au tourbillon d'air et j'emploie mes dernières forces à compter les cadavres.

Le poème de Celan et le *dix-septième foie* renvoient le patient à son état de petit garçon qui, pour conjurer une angoisse diffuse, s'intéressait à plusieurs sortes de bombes. À la naissance du patient, la Seconde Guerre mondiale était terminée depuis longtemps. Cela n'empêchait pas qu'il ait le sentiment d'avoir grandi avec des armes de guerre, il est familier des surnoms qu'on avait donnés aux bombes, comme « grêlon », *Hagelkorn,* ou *Radieschen,* « radis », et aussi de la bombe de dix quintaux citée dans le poème de Celan. Le petit Patrik passait de longues soirées d'hiver à lire des romans de guerre dont quelqu'un s'était débarrassé au pied d'un immeuble. Le garçon plongeait dans la ville en feu et, une fois qu'il fermait le livre et allait se coucher, il était pris d'une peur soudaine, une *peur-phosphore.* Les nuits d'insomnie, il se glissait en catimini hors de la maison, s'asseyait sur une balançoire dans le petit jardin public du voisinage et gardait les yeux fixés sur le ciel obscur jusqu'à y voir des capillaires cosmiques. La bombe au phosphore utilisée pendant la Seconde Guerre mondiale par les Allemands et les Anglais était connue sous le nom d'*arbre de Noël* à cause des innombrables fils blancs tombant au sol en forme de pyramide. Le phosphore se collait à la peau humaine et causait une lente et douloureuse brûlure qui pénétrait jusqu'à la moelle osseuse. Sur ce point, l'arbre de Noël présente une nette similitude avec le nuage champignon, la bombe atomique. Dans *Contrainte de lumière,* Celan écrit « À un frère en Asie ». La lumière qui tue dessine dans le ciel d'autres méridiens de la douleur, même après la mort du poète.

Un jour, le patient entendit à la radio que des grenades au phosphore avaient été utilisées en Irak. Cela valut de violentes critiques internationales à l'armée américaine, qui déclara avoir utilisé ces armes non pas de manière conventionnelle, mais seulement en raison de leurs capacités incandescentes. Non pas dans l'intention de tuer quiconque, mais pour illuminer la ville et attaquer avec plus de précision. Comme le phosphore s'enflamme au contact de l'oxygène, une bombe au phosphore n'a pas besoin de détonateur.

Un jour, le patient avait cessé de lire des romans de guerre et de s'intéresser aux armes. Il avait rangé les livres et brochures désormais inutiles tout en haut et tout au fond de ses étagères et les avait laissés prendre la poussière. Quand il s'était installé à Berlin, il n'avait pris aucun de ces livres et, d'ailleurs, il ne pouvait pas emporter beaucoup de livres dans son sac de sport, il se rappelle y avoir mis Schnitzler, Musil et Bernhard. Son frère cadet avait trouvé sur l'étagère les romans de guerre et les livres sur les armes. Comme ses parents lui interdisaient les jeux vidéo agressifs sur ordinateur, il passa ses soirées solitaires avec l'héritage de son frère aîné. Désormais, le cadet s'y connaît mieux en bombes que l'aîné et il prétend même en avoir bricolé pour embraser Berlin-Sodome.

La forme des bombes est inspirée de celle du corps des requins, dauphins et baleines. Il n'est pas étonnant que trois bombes qui tombent aient une ressemblance avec trois baleines. Quand le patient marche dehors et aperçoit à ses pieds l'ombre d'une bombe, il est pris de panique et cherche un abri anti-aérien. Il y a une station de métro où se trouvent de discrètes portes métalliques. Derrière ces portes bien fermées se trouve une fontaine de la santé éternelle. Le patient sait que cela indique un abri anti-aérien, mais le portier l'éconduit. Tout le monde n'a pas le droit de s'y réfugier. Pourquoi ne me laissez-vous pas entrer ? Parce que le nombre de places est limité et, quels que soient les critères utilisés, le patient n'est pas de ces humains dont la survie serait profitable à la majorité. La seule idée que la vie d'un humain puisse avoir moins de valeur que celle d'un autre prouve à quel point la notion de droits humains lui est étrangère, et cela pourrait donc être une raison pour laquelle il est moins utile à la société démocratique.

Le patient sort de chez lui aussi rarement que possible, et quand il est obligé d'aller tout de même au grand air, il vérifie d'abord s'il n'y a rien dans l'air. Il y a souvent quelque chose dans l'air, toujours, en fait. Quand il sent un goût de calcaire dans la bouche, il rentre chez lui. S'il voit une boule scintiller au ciel, il s'engouffre dans le passage souterrain le plus proche. De plus en plus d'humains se comportent comme lui. *Folie à deux* : quels sont les deux humains auxquels Celan pense dans ce poème ? Le poète et le lecteur ? La peur est une maladie contagieuse que tout être en bonne santé connaît. La rue est tondue et vide. Certains citoyens possèdent leur propre abri anti-aérien dont ils peuvent facilement déduire de leurs impôts les frais de construction. Le patient ne peut pas déduire de ses impôts les volumes de poésie qu'il achète en les présentant comme dépenses pour ouvrages spécialisés. Surtout qu'il ne gagne pas assez d'argent pour avoir le droit de payer un impôt sur le revenu. Quand le jour sera venu où ses revenus s'élèveront à une somme à cinq chiffres, il pourra déclarer le manuel de médecine comme volume de poésie et le déduire de ses impôts.

Le mot *köpfeln,* « sonder », ne sort plus de la tête du patient, il retentit toutes les trois secondes à plein volume et ne le laisse pas en paix. Ce mot ferait mieux de rester cantonné dans le poème « Cartes de détours » de Celan, car, à part dans ce poème, pratiquement personne n'utilise *sonder* dans cette acception. La principale erreur que commet le patient est probablement de chercher le plus court chemin vers un abri anti-aérien au lieu d'un détour poétique. Une cave ne peut être son chez-soi. Il serait davantage en sûreté dans un cirque. Là, on utilise ce mot *sonder,* là, les baleines ne sont pas des bombes, mais des mammifères qui ne se noient jamais. Tout à trac, le patient décide de se rendre au colloque parisien. C'est son devoir, son destin, sa première et ultime scène. Sur la table, un journal est ouvert. Il découvre une petite photo de baleine sur le point de sonder. Ou bien est-ce une bombe, et pas un animal ? Non plus. C'est un avion qui tombe. Un attentat-suicide ? Non, un accident. Un avion de ligne pour Paris a rencontré des problèmes techniques. Après coup, la plupart des problèmes humains sont interprétés comme des problèmes techniques. Parmi les dépouilles identifiées se trouvent dix-sept Allemands : deux familles qui voulaient enfin partir en vacances après une longue période d'abstinence, quelques personnes en voyage d'affaires et un jeune chercheur qui s'apprêtait à participer à un colloque à Paris. Ce qui signifie que ma tentative de parler de *Soleils de fil* a échoué avant même mon arrivée sur les lieux du colloque. Je ne l'avais pas prévu. Je supposais plutôt qu'on me descendrait après mon exposé. Untel me reprocherait de ne pas avoir assez de preuves. Un autre énumérerait au moins dix-sept aspects importants que j'aurais omis de prendre en compte.

Un troisième me traiterait d'antisémite, un quatrième d'activiste, mais le pire de tous serait le cinquième : il m'accuserait d'abus de propriété intellectuelle et affirmerait que, trois ans plus tôt, un jeune germaniste chinois avait présenté une théorie très proche de la mienne avant d'être battu à mort dans une rue de Berlin par un homme d'extrême droite. On me soupçonnerait même d'avoir fomenté cet assassinat ou bien on me forcerait à charger mon frère. Quand la communication ne fonctionne pas, il y a un couteau à fruits dans la poche de veston. Avec quelle arme puis-je me défendre ? Je tiens à la main un bistouri. Il faut que je saute dans l'eau froide pour retrouver ma raison, sinon je risque de blesser quelqu'un avec. Je me transforme en baleine et je sonde. Quel dommage, écrit un journaliste, la carrière s'ouvrait à ce jeune universitaire. Mon patron irait raconter à tout le monde que, narcissique comme je l'étais, j'avais fini par atteindre mon but, figurer dans les journaux de renom. Mon thérapeute songerait en son for intérieur qu'avec un accident d'avion, personne n'irait imaginer qu'ils s'agissait d'un suicide. Mais comme il s'est donné la mort avant moi, il ne peut plus songer. Où puis-je placer chronologiquement ma mort et la sienne ?

Tout d'un coup, il y parvient : Patrik remonte du fond marin jusqu'à la surface de l'eau, il aperçoit le soleil. Il n'est que dix-sept heures. Il a dû s'assoupir à un moment ou un autre. Le corps est rempli de désir, et aussi de l'énergie d'entreprendre quelque chose. Le lit qui sent le renfermé demande à être quitté, la fenêtre souhaite être ouverte. Un humain a besoin d'une occasion pour agir, ce peut être un geste, un signe ou un mot. Un léger coup de vent suffit. Le premier poème est un signe, et il serait lâche, très lâche, de l'ignorer. Se lever, se ressaisir et entrer à la verticale dans le monde extérieur ! La première voix de *Soleils de fil* n'en demande pas plus. La vie peut être aussi limpide qu'un poème. Se lever et se ressaisir. Suis-je déjà éveillé ou suis-je en train de passer du premier au deuxième acte d'un vieux rêve ? Qui est le chef d'orchestre ici ? Qui est le compositeur ? *Qui règne ?* Il faut devenir le maître de sa propre vie : au patient, cela semble presque impossible. Enfant, déjà, il donnait à son tracteur-jouet du *Cher collègue* et à son ours en peluche du *Monsieur le professeur.* Ses parents étaient enchantés du riche vocabulaire de leur enfant mais ne s'inquiétaient pas de la relation entre l'enfant et sa propriété. Le patient se sentait heureux en compagnie des choses, il ne lui venait pas à l'esprit d'être leur maître. Les objets étaient bien vivants, mais les enfants vivants, eux, lui apparaissaient trop imprévisibles et trop dangereux. Patrik avait pour sobriquet *Pati* et rêvait d'être scolarisé dans un autre pays, au Tibet par exemple, ou au Pays basque. Il pensait qu'on y parlait une langue tout autre et c'est celle-ci qu'il voulait apprendre. Petit, Pati était farouche et timoré. À l'adolescence, son visage avait changé, il paraissait renfermé mais sûr de lui, en réalité il était sans défense, vulnérable. Les prolongements de ses artères voletaient dans l'air sans protections. Entaillées, elles se mettaient aussitôt à saigner. Il était difficile de faire rentrer dans le corps les nerfs à vif et les vaisseaux lymphatiques. Pati s'était confectionné une tenue pour protéger les fils dénudés de l'âme. Ces vêtements n'étaient pas en néoprène, mais en mots ordinaires. Le mot *Hals,* « cou », il se l'enroulait comme une écharpe autour du cou. Le mot *Hand,* « main », lui servait de gant. *Hemd,* « chemise », et *Hose,* « pantalon », se composent de quatre lettres et commencent par un *h.* Son « chapeau », *Hut,* était son cerveau. Les « cheveux », *Haare,* lui poussaient en cinq lettres. Nombres et lettres lui donnaient un appui, le distrayaient d'une angoisse informe. Jouer avec eux prenait l'allure d'une mystique personnelle. Pour l'approfondir, il avait lu toutes sortes de livres ayant à voir de près ou de loin avec des mystiques historiques, les uns tout empoussiérés, les autres juste sortis de chez l'imprimeur. Chez Gershom Scholem, il avait lu qu'on pouvait voir dans la mystique juive le résultat de crises. Patrik ne voulait ni ésotérisme ni théories du complot, il voulait une chose qu'il qualifiait de mystique. C'est ainsi qu'il était venu à la poésie.

Patrik, ayant atteint sa taille corporelle définitive et s'étant installé à Berlin, perdit sa montre, refusa de posséder un téléphone mobile et ne mangea plus de viande. La mystique personnelle était un piège. La fréquentation des nombres et des lettres épuisait sa libido. Il ne s'intéressait pas aux jeunes créatures qui tentaient de le séduire. Son corps était occupé par les soldats de plomb qu'étaient les lettres, et leurs armes étaient de durs nombres. *Hoden,* par exemple, le « testicule », commence par un *h,* mais compte cinq lettres et non quatre, qui n'entraient pas plus dans le « pantalon », *Hose,* que dans le « cerveau », *Hirn,* où ne tenaient que quatre lettres. Patrik devait se rendre au séminaire avec cette partie du corps dénudée, et son fessier non plus, avec ses sept lettres, n'avait pas la place dans son froc quadrilitère. Dans un rêve, il se tenait devant la mairie, soigneusement peigné et rasé, mais le bas du corps nu.

Un jour, il voulut cesser de compter, se délivrer de la grille des lettres dénombrables et sortir danser le soir. Il voulut apprendre la légèreté et dire : *Allons, peu importe que ça n'ait que trois lettres, c'est comme ça, voilà tout !* À l'époque, le thérapeute lui disait d'être flexible. Ce conseil paraissait banal et réalisable. Une seule chose gênait le patient : tout comme les mots *mobile* et *communicatif,* le mot *flexible* appartenait aux gens qui cherchaient un travail et en trouvaient un. Il n'existait pas d'avenir où un patient puisse être embauché. Un jour, il avait tout de même obtenu un demi-poste, mais c'était un cul-de-sac. Le couloir de l'institut n'avait pas de fenêtre et son bureau était une cellule verticale, avec une étagère bourrée de livres qui n'étaient pas les siens. Les murs sinistres et le plafond pustuleux du couloir étaient éclairés d'une froide lumière d'hôpital, et quand le médecin-chef parcourait le couloir, il parlait d'une manière si baroque que les idées fugaces de son timide assistant devenaient aussitôt inaudibles. Ce médecin-chef n'était pas médecin, mais germaniste, il n'en aimait pas moins poser des diagnostics : Celan était un narcissique, il s'était imaginé que tous les critiques allaient tout de suite le porter aux nues ; mais ça ne s'était pas passé comme ça et il en avait été offensé ; il avait déroulé le vieux tapis sali par les ignominies de l'histoire en croyant que tous les clients l'achèteraient avec enthousiasme, tous ceux qui étaient responsables de ces taches ; il n'avait pas le sens de ce qui était demandé ni de ce qui était tabou et réagissait excessivement à la moindre marque d'ignorance, même la plus anodine ; il n'aimait que lui-même ; sans cela, comment aurait-il pu croire que ceux dont il avait gratté les sales croûtes de sang lui donneraient cordialement l'accolade ?

Le médecin-chef parlait et parlait car personne ne pouvait l'arrêter. Son jugement devenait de plus en plus absurde et sévère. Celan, après *Renverse du souffle,* avait perdu la voix. Il provoquait la bourgeoisie cultivée en utilisant des notions et des noms de lieu que personne n'était supposé connaître. *Pau,* par exemple ! Il fallait être soit un effronté, soit un étranger pour parler de Pau sans mettre une note de bas de page.

Patrik se gardait de contredire son supérieur, mais il décida en son for intérieur de travailler sur les poèmes tardifs de Celan. Pau n'est pas seulement un lieu où Celan s'était rendu. *P-a-u,* ce sont les trois premières lettres du nom Paul. Le fameux germaniste qui était le patron de Patrik ne le voyait pas. Le jour viendrait où Patrik prononcerait une communication dans laquelle il montrerait que toutes les lettres du poète sont signifiantes.

Une autre fois, le médecin-chef invoqua les liaisons sentimentales de Celan comme preuves de son narcissisme, en particulier le fait qu'il attachait autant d'importance à ses histoires de coucherie qu'à la haute culture des psaumes. *Spasmes, je t'aime, psaumes !* À quel point fallait-il être narcissique pour faire un rapprochement entre son propre orgasme, le sperme et les psaumes ! Patrik avait voulu contester une interprétation aussi narquoise, mais la voix lui avait fait défaut.

Comme le médecin-chef ne trouvait plus rien à ajouter de répréhensible chez Celan, il passa à Stefan George pour le déclarer narcissique, au même titre que Gottfried Benn et Georg Trakl. Il compléta la liste des narcissiques par les noms des manitous de la recherche en littérature et finit par y ajouter jusqu'aux noms de ses propres collègues. Un narcissique se reconnaît à sa manie de traiter particulièrement souvent d'autres gens de narcissiques. Un autre signe patent de ce trouble est que la personne concernée manifeste un refus pulsionnel des règles banales de la circulation. Patrik tenait cela de son thérapeute, qui lui racontait parfois des blagues pour détendre l'atmosphère. Patrik se rappelait bien l'une d'elles : Narcisse à la neige. Un narcissique roule à 120 km/h sur l'autoroute sous de fortes chutes de neige et voit un panneau indiquant de réduire sa vitesse à 80 km/h en cas de neige. Il ne réduit pas la vitesse car il estime que le panneau s'adresse à ceux qui ne savent pas vraiment conduire. Il appuie même sur la pédale pour que personne n'aille croire qu'il fait partie de la population lambda. Le thérapeute disait que cet exemple avec la neige n'avait l'air de rien, mais qu'un grand narcissique ne faisait guère la différence entre un panneau de circulation et l'article 211 du Code pénal allemand. Il tuerait un humain sans broncher si, politiquement, moralement ou économiquement parlant, il lui paraissait sensé de le faire.

On était début février. Le médecin-chef avait pris son assistant en voiture pour faire la route de Hanovre à Berlin. Pendant le trajet, il se mit à neiger. Patrik réfléchissait pour se rappeler dans quel poème de Celan il neigeait. Quand apparut le panneau redouté, le médecin-chef appuya sur la pédale. Ce faisant, il déclara que celui qui ose vivre de sa plume au lieu de veiller sur sa famille ne pouvait être qu'un égoïste et un narcissique. Tiens tiens, songea Patrik, peut-être que le professeur réputé avait lui aussi voulu devenir poète dans ses jeunes années. Sa haine était peut-être le masque de l'envie et était dirigée exclusivement contre les poètes mâles. C'était une erreur. Sa haine suprême allait à une femme : Ingeborg Bachmann. Un jour, le médecin-chef se trouvait avec ses thésards et ses assistants dans un restaurant italien appelé *La Ville Éternelle*. Patrik n'avait pas envie d'y aller, mais il n'avait pas réussi à refuser. Le médecin-chef évoquait des colloques à Rome et, *ex nihilo,* s'était mis à diagnostiquer Bachmann : elle avait une personnalité dérangée, complètement fichue, voilà pourquoi elle allait bien avec Celan. Pour la première fois, Patrik agit spontanément. Pour parer une tirade haineuse et interminable, il posa une question innocente. Au fait, que pensez-vous de Nelly Sachs ? Jetant un regard de dédain à ce jeunot qui n'avait manifestement pas grande expérience des femmes, le professeur répondit que c'était hors sujet, ça, car Nelly Sachs n'avait jamais été une femme. Patrik se leva et, quittant *La Ville Éternelle,* mit un terme à son poste d'assistant. Le *château de sable* carrière s'effondra derrière lui sans un bruit.

6

Un saut de momie

Quelqu'un chante au loin. Une voix de femme, son timbre est familier, mais la mélodie n'est pas comme à l'ordinaire, il est d'ailleurs étonnant que Patrik puisse suivre une mélodie. La voix ne s'évanouit pas à une hauteur telle que Patrik serait constamment dépassé, elle reste atteignable, la langue seule est insaisissable. Où commence un mot et où finit-il ? Serait-ce du tchèque ? Chaque son, la moindre croche, même la moindre double-croche comporte un moment de tension et de détente. Chaque petite note forme ainsi un microcosme, un cosmos se crée, puis encore un autre et ainsi de suite et un grand souffle le porte vers l'avenir. Pas d'interruption, même là où figure une demi-pause ou une pause le souffle est encore audible.

L'astre de la nuit, unique auditeur, écoute, aspire le son, s'arrondit de plus en plus jusqu'à exploser dans le ciel nocturne. Rusalka. La pluie d'or lunaire s'écoule sur la chevelure de la cantatrice, son visage est radieux, et puis, l'instant d'après, comme s'il était difficile de produire des sons, il semble déformé par la douleur. Sur un portrait, elle peut garder son beau visage, mais sur scène elle doit renoncer à la beauté immobile et exhiber ses muscles à nu en train de hurler. Le chant d'une cantatrice est un hurlement cultivé. La cantatrice maîtrise le noble art qui consiste à contrôler chaque fil des cordes vocales et donc chaque fibre de la psyché. Elle peut se permettre de hurler depuis une profondeur animale : cela devient musique. Elle chante vers la lune, qui ignore la mort. Patrik n'est qu'une ombre de la lune qui, au moindre signe du temps, pourrait disparaître instantanément. Il implore Dvořák d'étirer l'heure de la lune et si possible de laisser le son final incomposé. Tant que le chant emplit le ciel nocturne, Patrik peut encore vivre. Lentement la lune pâlit, et le silence réveille le dormeur.

Patrik quitte les draps trempés de sueur, se jette sur son blouson et fouille les poches. La carte de visite est toujours là, et le blouson est à température humaine, comme s'il venait de quitter un corps. Et pourtant, plusieurs jours ont pu s'écouler depuis que Patrik se tourne et retourne dans son lit en suant. Le front est encore moite, et quand Patrik se l'essuie du revers de la main, il sent, derrière, un crâne curieusement étranger. Les joues brûlent, la gorge aussi, les poumons pèsent aussi lourd qu'un sac de sable. Il s'assoit sur l'unique chaise de la cuisine. S'il va maintenant consulter son médecin, on l'enverra peut-être à l'hôpital et il restera quelque temps isolé du monde extérieur. Auparavant, pour que ne s'éteigne pas une amitié à peine commencée, il tient absolument à parler encore une fois à Léo-Éric. Les deux dernières fois, il a eu la chance de rencontrer son ami par hasard au café. Cette fois-ci il ne peut pas se fier au hasard. Patrik compose le numéro de téléphone figurant sur la carte de visite. Après deux sonneries, une voix de baryton répond.

« Institut culturel chinois. Que puis-je pour vous ? »

Patrik demande Léo-Éric Fu. La réponse est un silence terne. Patrik répète le nom et se permet une blague.

« Au fait, mon poète préféré a le même nom de famille. Du Fu.

— Il est mort depuis mille trois cents ans.

— Je sais. Ce n'est pas à Du Fu que je souhaite parler, mais à Léo-Éric Fu.

— Personne de ce nom ne travaille chez nous.

— Ce n'est pas possible. Il m'a donné sa carte de visite.

— Je suis désolé de ne pas pouvoir vous aider. »

Il faut plusieurs secondes à Patrik pour comprendre que la communication est terminée. Le cœur bat accelerando, crescendo, l'appartement entier bat avec lui. Jusqu'à présent, aucune occasion ne s'est présentée de vérifier si cet institut existe vraiment ni si le numéro est le bon. Désormais, il sait que l'institut existe et que le numéro est correct, mais Léo-Éric n'y travaille pas. Ou bien il y travaille mais ne s'appelle pas Léo-Éric, car ce prénom ne sonne pas assez chinois. Plutôt juif, français ou fictif. Quelle part de l'amitié est-elle fiction ? Patrik enfile le blouson, replace la carte de visite au fond de la poche et quitte la maison. Il prend sur la droite, rompant ainsi avec la règle d'airain qui est de toujours prendre sur la gauche. Patrik descend dans l'enfer de la station souterraine où il ne s'est plus rendu depuis des semaines. La rame de métro arrive aussitôt, comme si elle avait attendu le moment voulu, le conducteur derrière la vitre ressemble à une ombre, on ne distingue pas ses yeux. Il est peut-être tellement fatigué qu'il préfère ne pas être vu. Les portes s'ouvrent automatiquement. Sièges vides, vitres sales et rayées, pas d'odeur de bière ni de parfum. Il descend à une nouvelle station, qui n'existait pas auparavant. Le bâtiment de l'institut culturel est situé dans une rue élégante et déserte. Le portail et ses ornements joyeux semblent accueillants, mais il est absolument impossible d'actionner la poignée de métal. Un bout de papier est collé au-dessus du minuscule bouton de sonnette. Il a quelque chose de provisoire et de non officiel, surtout en comparaison de l'architecture imposante de l'institut. Le papier informe froidement qu'aucune activité culturelle n'aura lieu jusqu'à nouvel ordre.

Alors que Patrik s'apprête à regagner la station de métro, il se retourne et n'en croit pas ses yeux. Un homme élancé s'avance directement vers lui, c'est Léo-Éric. Dans son costume noir, avec sa cravate de soie et ses souliers distingués, il est vêtu trop sérieusement pour Berlin, on croirait qu'il va à des obsèques.

« Que fais-tu ici ? »

Manifestement Léo-Éric est surpris, un peu désarçonné, tandis que la joie fait danser Patrik de tous ses membres. Il tend les bras devant lui, puis les retire timidement, il les tend à nouveau comme pour une accolade qui ne se produit pas. Les cils de Léo-Éric sont mélancoliques, il cligne des yeux, l'air soucieux, mais il fait une proposition et sa voix est gaie.

« Pas loin d'ici, il y a un petit tibétain. Allons-y. J'ai à faire au bureau mais ça peut attendre. »

Léo-Éric ne demande pas pourquoi Patrik est là. Tous deux, ils marchent côte à côte, ils prennent sur la droite une étroite rue ombragée et entrent dans un petit restaurant. Une fois à table, Léo-Éric ne demande toujours pas à son ami ce qu'il a en tête. Ses questions portent exclusivement sur la carte. Patrik répond à chaque question par oui, sans réfléchir, car, avec ou sans champignons, la vie se poursuivra désormais magnifiquement. Il fut un temps où, pour lutter contre son humeur sombre, il devait prendre des champignons d'élevage. Même sans hallucinogène, une raviole tibétaine est délicieuse. La commandera-t-il frite ou rissolée, ce n'est pas non plus décisif. Le principal est que l'amitié demeure goûteuse une fois passée par le purgatoire de la poêle. Léo-Éric mangerait-il dans un petit tibétain s'il travaillait vraiment comme diplomate pour la République populaire ? Cette question non plus n'intéresse pas vraiment Patrik. En cet instant, il mangerait tout ce qu'on poserait devant lui. Son cerveau a un besoin urgent de lipides, la musique n'a pas le droit d'être maigre, et à la poésie aussi il faut de la nourriture en quantité suffisante. Patrik n'a pas l'intention de chanter avec sa propre voix, il veut parler littérature jusqu'à entendre une musique. C'est ce qu'il fera, il y arrivera. Soudain il se dit qu'il n'est pas du tout préparé à cet entretien.

« Je suis désolé, je n'ai pas le livre avec moi.

— De quel livre parles-tu ?

— Le livre d'anatomie que tu m'as prêté.

— Tu peux le garder tant que tu veux. L'important, c'est que tu aies de l'appétit.

— De l'appétit, j'en ai, j'ai beaucoup travaillé physiquement aujourd'hui. Dans mon rêve.

— De qui as-tu rêvé ?

— D'un misogyne violent. En tant qu'homme, je ne risquais rien, mais j'avais une peur incontrôlable, une peur phosphorée. J'ai aussi rêvé de bombes qui pleuvaient. »

On aperçoit à travers la vitre un ciel limpide, que Patrik voit plutôt vide que bleu. Pas l'ombre d'une bombe. Un couteau de cuisine frappe la planche de bois en rythme. Grésillements dans l'huile bouillante. Ils sont assis l'un en face de l'autre à la petite table comme deux jeunes hommes pleins de santé. Ils vont déjeuner de mets hachés, pétris et frits, ils riront souvent et diront oui oui.

« À notre première rencontre, tu m'as parlé d'un arbre du Non », dit Patrik. Il est surpris que l'arbre lui soit soudain venu à l'esprit, tandis que Léo-Éric acquiesce calmement comme s'il s'était attendu à ce sujet.

« Oui oui, c'est mon arbre préféré. "Non", *nein,* a beau être un mot qui nie, c'est un mot suave. "Personne", *niemand,* est une personne transparente. "Jamais", *niemals,* ne viendra le temps assurant encore un avenir. Connais-tu le poème "Plus d'art du sable, pas de livre de sable, pas de maîtres" ?

— Oui oui, naturellement. Il est dans *Renverse du souffle.* Je ne me lancerai pas dans une analyse de *Renverse du souffle,* mais ce recueil est le tournant copernicien dans la poésie de Celan, et sans lui il n'y aurait pas de *Soleils de fil.*

— Alors tu connais aussi les dernières lignes du poème, où des lettres sont progressivement soustraites. Il y a d'abord : *Tief im Schnee,* "profond dans la neige". En plus, c'est écrit en un seul mot. *Tiefimschnee.* Puis le *t* et le *schn* sont écartés. Cela forme donc un nouveau mot : *Iefimnee.* Puis ce sont encore *e, f, m, n* et *e* qui disparaissent. Pour finir il ne reste plus que trois lettres reliées par des tirets : *i-i-e.* Sais-tu ce que signifie le mot *iie*?

— Non.

— Exactement.

— Comment ça?

— Le mot *iie* signifie non.

— En chinois?

— Non, en japonais. À Paris, je connais une Japonaise dont le père a appris le judo avec Mikinosuke Kawaishi.

— Qui est-ce, Miki... ?

— Le professeur de judo de Moshé Feldenkrais.

— Ah oui, Feldenkrais. Celan a été traité par lui.

— Oui oui, c'est Franz Wurm qui les avait mis en contact. Kawaishi était connu pour ne pas utiliser de chiffres ni de concepts japonais dans son enseignement. C'est pourquoi le mot *iie* ne peut pas être passé du professeur de judo à Celan par l'intermédiaire de Feldenkrais. Mais sais-tu ce que je pense ? Quand on consacre son attention entière aux lettres et aux nombres, tôt ou tard on croise l'ordre des étoiles et des organes. Il ne serait pas étonnant que la cabale rencontre l'acupuncture.

— J'imagine bien. Et de quoi parlaient-ils, Feldenkrais et Celan ? A-t-il pu secourir le poète désespéré ?

— Secourir, c'est difficile, guérir plus difficile encore. Oublions les attentes trop élevées ! Sais-tu ce que faisait avec moi mon prof Feldenkrais ? Il me demandait de croiser les doigts. Chez moi, le pouce droit se place automatiquement sur le gauche. Il me demandait alors de croiser les doigts différemment, pour que mon pouce gauche repose sur le droit. On a la sensation que c'est complètement décalé.

— Et qu'est-ce que ça signifie ?

— Il y a beaucoup d'habitudes anodines qui fixent une position physique bancale. J'aime bien l'idée que Celan ait essayé quelque chose de neuf avec ses mains. Celan lui aussi avait des mains réelles. La main n'était pas seulement un mot ou une métaphore. »

Patrik se rappelle les paroles de sa mère : la manière dont on croise les jambes est définie par la génétique. Mais qu'en est-il d'autres habitudes ? Était-ce aussi une question d'atavisme si ses parents ne parlaient jamais de l'Ukraine ? Tout d'un coup, Léo-Éric pose une question :

« Savais-tu que Moshé Feldenkrais était originaire d'Ukraine ? »

La raviole tibétaine tombe de la baguette de Patrik et atterrit sur ses cuisses. Comment Léo-Éric sait-il que les parents de Patrik étaient Ukrainiens ?

« D'où en Ukraine ? »

En posant cette question, Patrik confirme indirectement qu'il a un lien avec ce pays.

« Slavouta, je crois. Feldenkrais n'aimait pas beaucoup parler de son enfance. Il avait émigré à Tel-Aviv puis à Paris.

— Pour apprendre le judo ?

— Non, le judo n'était qu'une occupation secondaire. Il était physicien, il connaissait Marie Curie et d'autres savants importants à l'époque où l'on est parvenu pour la première fois à produire de la radioactivité artificielle.

— Tu en sais beaucoup sur lui. Tu t'es intéressé à lui ?

— Non, mais Masa, c'est le nom de la Japonaise à Paris, m'a pas mal parlé de lui. C'est un moulin à paroles. Quand nous nous voyons, elle me parle de plein de gens, et en particulier de trois personnes : sa belle-mère, Eugen Herrigel et Moshé Feldenkrais. Masa disait que Feldenkrais était capable d'expliquer la technique du judo du point de vue d'un scientifique, ce que ses élèves appréciaient beaucoup, et c'est cela qui l'a rendu célèbre en France.

— Donc il était physicien et professeur de judo. Intéressante, cette combinaison.

— Pour lui, l'enseignement du judo n'était pas en contradiction avec la science, pourtant il y avait des moments qui lui semblaient miraculeux. Je me souviens d'un épisode que m'a raconté Masa : un jour, le maître Kawaishi s'est étendu sur le dos et a demandé à deux hommes de poser un bâton en travers de sa gorge puis d'appuyer vigoureusement dessus aux deux extrémités contre le sol. À la surprise de l'assistance, le maître s'est glissé de dessous le bâton aussi facilement qu'on ôte un pullover. »

Patrik essaie de garder son calme. Pour lui, il n'y a rien de plus effrayant que l'idée qu'on lui écrase la gorge. Peut-être est-ce même déjà arrivé une fois par le passé et ne s'en souvient-il pas.

Une ombre épaisse, jamais vue jusqu'ici, se pose sur le visage de Léo-Éric. Patrik ne veut pas en demander la raison.

En général, il n'avait aucun scrupule à poser des questions, mais cette question-là pourrait mettre un terme abrupt au seul opéra dans lequel il peut avoir un rôle. Il s'accroche au sujet Feldenkrais pour n'avoir pas à parler d'autre chose.

« Chez un chevreuil, l'enfance est trop courte pour qu'il puisse prendre l'habitude d'une mauvaise posture corporelle. Les humains passent trop de temps auprès de leurs parents et cela les déforme psychiquement et physiquement. Je crois que ça aussi, c'est de Feldenkrais. Sinon, l'idée est de moi. »

Léo-Éric a un rire bref, et Patrik, délesté pour un petit moment du poids de l'ombre inexplicable, poursuit.

« Je ne pense pas que l'humain soit plus cruel que l'animal. Il est normal qu'un ours polaire mâle ne reconnaisse pas ses petits et qu'il les dévore s'il a faim. Mais la nature est intelligente et organise la vie des ours de sorte que les oursons grandissent auprès de leur mère, qui les élève seule.

— Feldenkrais n'était pas aussi pessimiste que toi. Il écrit même qu'il n'existe pas de mauvaise posture corporelle.

— Ah oui, exactement, maintenant ça me revient. Nous n'avons pas une mauvaise posture corporelle, mais chacun une posture corporelle décalée à sa manière. Et chacun peut y travailler. Une maladie de civilisation fait partie intégrante de la civilisation. Chaque sensation se manifeste dans la musculature et laisse des traces. Ça aussi, on dirait du Feldenkrais, non ?

— Oui oui, voilà pourquoi des souvenirs personnels se lisent dans la musculature, dit Léo-Éric, l'air absent.

— Mais nous ne sommes pas des paquets de nerfs avec des réflexes, nous sommes des humains qui avons besoin d'une langue, et pas de n'importe quelle langue, mais d'une langue très particulière. Cette langue ne peut pas nous guérir, elle peut même ralentir le processus de guérison. De temps en temps, il faut détacher la langue du papier sur lequel elle se trouve pour la replacer dans sa main. Mais comment y parvenir le mieux possible ?

— Ce n'est pas avec moi qu'il faut discuter de ça, mais avec Celan.

— Malheureusement, il est mort il y a un demi-siècle.

— Oui oui, mais qui nous dit que nous ne sommes pas morts ? »

Patrik lance un regard effrayé au visage de son ami, non pas vers ses yeux, mais vers le milieu du front, qu'il regarde fixement. Le visage de Léo-Éric se métamorphose progressivement en un disque rond. Une horloge, un DVD, ou une lune ? Soudain, le visage rond sourit, il reprend sa forme ovale à cheveux noirs et acquiesce d'un air compréhensif.

« Je vais te raconter une autre belle histoire. Masa m'a parlé un jour d'une thérapie qu'elle appelle mandala en fils ou soleils de fils. On vous remet un cadre en bois, comme ceux que ma mère utilisait en broderie. Sur tout le pourtour du cadre sont fixés de minuscules clous numérotés. Il ne faut pas se laisser troubler par l'ordre mystérieux des nombres, il suffit de suivre les fils colorés des nombres premiers. Au bout d'un moment, tu as un magnifique soleil dans le cadre de bois. À l'origine, l'idée était de Rudolf Steiner, et on la pratique encore dans quelques écoles Waldorf en cours de géométrie pour enseigner les nombres premiers. De nos jours, les soleils de fils sont utilisés au Japon comme thérapie contre la dépression.

« Tu as déjà vu un soleil de fils ?

— Oui, Masa m'a montré un magnifique ouvrage fait par sa fille. Il y avait un nombre incroyable de fils colorés qui se croisaient et cela donnait une belle dentelure, comme une couronne. Il suffit de les regarder pour que le moindre accès d'humeur sombre se dissipe.

— Crois-tu que Celan ait eu connaissance de la thérapie par les soleils de fils, ou peut-être même qu'il l'ait pratiquée ?

— C'est peu vraisemblable. Mais les esprits tissent constamment au-dessus de nos têtes des fils riches en couleurs et polyglottes, et nous ne pouvons pas contrôler leurs activités. »

Léo-Éric pose sa main droite sur la main gauche, tremblante, de son ami.

« Je ne m'attendais pas à te voir aujourd'hui. L'adieu se passera donc d'une manière inattendue. »

Léo-Éric sort de sa serviette une feuille de papier. Patrik aperçoit une marque de brûlure carrée et des petits signes graphiques illisibles. La brûlure pourrait être un code-barres. Patrik cligne des yeux nerveusement pour ne pas être obligé de voir les yeux cristallins de Léo-Éric. Ils sont charmants, mais inhumains. Sa voix provient d'un lointain que Patrik est incapable de situer.

« C'est une copie de ton billet électronique pour Paris. Tu es inscrit au colloque. Tu as déjà pris ton vol. Tu peux lire dans le journal ce qui est arrivé. Tu as peut-être vu celui que j'ai posé sur ton bureau. On ne peut pas remonter le temps, il est déformé, et dans sa déformation nous vivons un adieu qui n'a pas eu lieu en réalité. »

Patrik boit le fond de son verre d'eau, se lève et prend place à califourchon sur le dos de son ami qui s'est agenouillé et vient de déployer ses ailes. Le corps d'oiseau est aussi doux qu'un édredon sans être très chaud, mais il est agréable de fermer les yeux, de cesser de penser, de se laisser porter. Patrik a accompli son rôle, il peut cesser de trier les lettres et les nombres, il n'a plus à essayer de chanter, car l'espace de temps dans lequel il entre alors ne connaît aucune musique.

Postface

Sven Keromnes
Autrui pour asymptote

Lorsque autour de nous le réel s'effondre, ne formant plus qu'un vaste champ de ruines, un seul espoir subsiste : autrui. Son visage nous rassure, nous inquiète ; il nous semble étrange aussi parfois, certes, mais il est *là* devant nous. Sa voix nous console, nous berce, nous terrifie : qu'importe, puisque nous l'entendons. C'est là tout ce qu'il nous faut savoir. Lorsque nous perdons tous nos repères, la seule présence d'autrui met fin à nos peines. C'est précisément cette vertu salvatrice qu'exemplifie le roman de Yoko Tawada en dialoguant avec la poésie de Paul Celan.

Ce texte assez bref a été rédigé au printemps 2020 durant le premier épisode de la pandémie. Si cette année marque un tournant important dans notre histoire récente à l'échelle globale, elle est aussi doublement une année celanienne : on commémora le centenaire de sa naissance en 1920 à Czernowitz (alors en Roumanie, aujourd'hui en Ukraine) et le cinquantenaire de sa mort par suicide dans la Seine en avril 1970.

À la lecture de ce roman, nous retrouvons ainsi des échos à ces deux facteurs historiques. Le protagoniste Patrik, qui habite Berlin, est contraint de visionner les captations de ses opéras préférés sur un écran parce que la situation actuelle et le confinement l'empêchent de se rendre dans les salles de spectacle. Secrètement, il voue un culte à une cantatrice, un personnage manifestement inspiré de Renée Fleming, et suit tous ses faits et gestes.

Face à l'échéance prochaine d'un colloque à Paris prenant pour objet l'œuvre de Celan, auquel il est invité à se rendre en tant que jeune chercheur [1], Patrik se trouve en proie à un dilemme : présenter ses travaux personnels, qui lui tiennent à cœur, ou bien se confronter aux autres, dont il se méfie profondément. Cette méfiance, il l'a nourrie et entretenue depuis son enfance. Autour de lui, « les enfants vivants, eux, lui apparaissaient trop imprévisibles et trop dangereux » (p. 98) ; l'âge adulte ne changera rien à l'affaire. Le rapport que Patrik entretient avec le monde qui l'entoure et *a fortiori* avec autrui se place sous le signe de la pathologie. Il n'est pas étonnant, en ce sens, que ce personnage ne cesse de se désigner lui-même par « le patient ». Seul Léo-Éric, un personnage qui prétend travailler à l'Institut culturel chinois de Berlin, parviendra à pénétrer cette enceinte et gagnera sa confiance. Pour atténuer le sentiment de constante vulnérabilité que ressent Patrik, la poésie de Celan fait office d'asile bienvenu, raison pour laquelle il connaît certains recueils par cœur, en particulier *Soleils de fil* [2], dernier recueil publié par Celan de son vivant, en 1968, et en cite des passages comme s'ils faisaient partie de son vocabulaire quotidien.

L'Ange transtibétain est à replacer, chez Yoko Tawada, dans la continuité de lectures celaniennes depuis plusieurs décennies. Le spectre de Celan, l'un des poètes allemands les plus commentés du dernier tiers du XXe siècle, a déjà hanté de grands textes litté-

1. Patrik, pour se présenter dans le monde universitaire, s'exprime en usant exclusivement d'abréviations (voir p. 20), et il faut comprendre : « Je suis un attaché temporaire de l'Institut de recherche en littérature de Berlin et je viendrai au Congrès international Paul-Celan par Air France. »
2. Il n'existe pas de traduction française intégrale publiée de ce recueil, mais nous renvoyons aux traductions de Bertrand Badiou : Paul Celan, « Quinze poèmes », *Po&sie*, n° 69, 1994, p. 3-30, plusieurs des poèmes étant aussi commentés dans le roman, notamment « Francfort, septembre » et « Haut mal ».

raires : pour n'en citer que deux, le roman *Malina* (1971) d'Ingeborg Bachmann et la pièce *In den Alpen* (2002) d'Elfriede Jelinek. Mais Yoko Tawada examine l'œuvre de Celan sous un prisme très particulier, dans une écriture hybride entre création littéraire, philologie et essai. En 1996, elle avait publié un premier texte qui fit date, « La porte du traducteur, ou Celan lit le japonais [1] », dont l'objet est la traduction vers le japonais de *De seuil en seuil* (1955). Il y est question de l'apparition fortuite du *kanji* signifiant « *Tor* » (« portail »), « 門 », dans la version japonaise, ce qui offre au lecteur un tout autre regard sur la cohérence sous-jacente de l'œuvre : dans une réflexion sur la traduction qui doit beaucoup à Walter Benjamin et son essai *La Tâche du traducteur,* Yoko Tawada voit dans la traduction en japonais où revient ce signe une réalisation, grâce à la traduction, une révélation de potentialités cachées de l'original. Un regard qu'on pourrait dire *désoccidentalisant* et herméneutiquement fructueux, car l'omniprésence – longtemps passée inaperçue – de ce signe *kanji* dans le texte traduit devient la justification d'un paradigme pour la traduction : traduire, c'est passer le seuil des langues, évoluer entre des sphères langagières qu'une porte sépare, en l'occurrence entre l'allemand et le japonais. Si la traduction est un enjeu de pouvoir important, puisqu'il s'agit de choisir quelles voix on veut entendre et faire entendre dans une langue donnée, traduire peut tout aussi bien devenir une action altruiste, un geste vers autrui. C'est du moins la proposition que semble nous faire Yoko Tawada.

En 2007, le recueil d'essais *Police du langage et ludopolyglotte* contient deux autres textes qui prennent pour objet, à nouveau, l'esthétique de Celan par le prisme de la traduction. Dans le premier, « Rabbi Löw et 27 points : physionomie de la ponctua-

1. Traduction par Fernand Cambon, *Europe,* n° 861-862, janvier-février 2001, p. 166-175.

tion chez Paul Celan », il s'agit toujours de la traduction japonaise de *De seuil en seuil* mais, cette fois-ci, plus concrètement de la signification de la ponctuation au regard de la temporalité du silence. À la lecture du poème « Leuchten » (« Lumière », dans la version française proposée par Valérie Briet), on remarque une longue série de points qui sépare deux strophes, dont la première mentionne, au premier vers, un « corps silencieux ». Si les points de suspension signifient en règle générale un silence assez bref, alors dix points marqueraient, en toute logique, une pause plus longue, un silence d'une valeur différente ; un remords, peut-être, ou bien une voix qui s'est tue pour songer à son aise. En ce sens, le texte de Yoko Tawada ouvre une nouvelle voie d'interprétation, rend justice à un détail poétique qui, loin d'être anodin, prouve le rapport intime, parfois conflictuel que Celan entretient avec le silence : car si ce dernier peut faire l'objet d'un geste délibéré, il peut tout aussi bien être subi et, dans le cas de la poésie celanienne, nous retrouvons un subtil alliage des deux éléments, où le mutisme causé par le traumatisme de la Shoah devient la matière d'un élan poétique qui s'y confronte. En d'autres termes, nous devons ici adopter une posture empathique et nous demander : que signifie le silence d'autrui ?

Le second texte paru dans *Police du langage et ludopolyglotte* a pour titre « La couronne d'herbe. À propos de *La Rose de personne* de Paul Celan [1] ». Cet essai porte sur la complexité des terminologies celaniennes, qui proviennent tantôt de la botanique, tantôt des mathématiques, et représentent un défi pour le processus de traduction. De nouveau, Yoko Tawada oriente notre regard vers des détails qui révèlent des angles morts dans notre percep-

1. Traduit par Bernard Banoun, dans Bernard Banoun et Jessica Wilker (dir.), *Paul Celan. Traduction, réception, interprétation,* suivi de *Paul Antschel à Tours (1938-1939), documents, Littérature et nation* 33 (2006), p. 55-71.

tion occidentale du langage : par la comparaison entre des mots allemands et des *kanji* japonais, par exemple, l'écrivaine rend sensible à la qualité matérielle, visible des mots. Elle nous invite à percevoir ce que le langage écrit a de *calligraphique,* ce qu'il y a de fondamentalement poétique dans le geste lui-même du tracé.

Lorsque l'écrivaine puise à nouveau dans le trésor qu'est l'œuvre de Celan pour rédiger le présent roman, la démarche est toutefois différente. À l'origine, Yoko Tawada avait elle-même (très peu de temps avant la pandémie) fait des recherches dans le fonds Paul-Celan des Archives littéraires allemandes, à Marbach am Neckar, dans la perspective d'écrire un ou plusieurs essais à l'occasion de l'année Celan. Mais, notamment sous la pression de la pandémie, l'essai devint roman – un genre littéraire qui a l'avantage, il est vrai, de pouvoir se nourrir des autres genres, que l'on pourrait dire *lawless* si l'on emprunte le mot d'André Gide. Par conséquent, la fiction occupe un espace plus important dans cette œuvre, parle pour elle-même ou laisse parler, plutôt, une multitude de voix : celles du protagoniste Patrik, puisqu'il oscille continuellement entre la première et la troisième personne du singulier, celle de Léo-Éric, instigatrice d'un dialogue salutaire avec « le patient » et la voix de la cantatrice, qui enchante et transporte. Enfin, la voix de Celan aussi, que l'on entend dans les poèmes laissés aux générations futures comme autant d'énigmes à résoudre.

Le roman diffère aussi par les thématiques, trouvées chez le poète, qu'il aborde. On y trouve par exemple une référence au principal texte en prose de Celan, le discours de réception du prix Georg-Büchner en 1960, intitulé *Le Méridien.* Cette notion de méridien, Paul Celan la définit comme le lien que le poème opère, par texte interposé, entre un « je » et autrui. « Je trouve l'intermédiaire et comme le guide conduisant le poème vers la rencontre », nous dit l'auteur dans la traduction de Jean Launay.

Si « méridien » évoque généralement d'abord Greenwich et l'acception géographique du terme, Yoko Tawada, quant à elle, réexamine le terme à l'aune de la médecine chinoise, où le méridien est un concept central, médecine à laquelle Celan se serait intéressé : Léo-Éric en présente des témoignages à Patrik et cela renvoie à des livres présents dans la bibliothèque de Celan, consultables à Marbach. Le méridien est ce qui relie les différentes parties de notre corps, ce qui rend ce dernier proprement organique. Cette notion, en tant qu'elle matérialise un *lien,* en l'occurrence entre des organes mais aussi entre Celan, Patrik et Léo-Éric, prend à son tour une dimension éthique. Le méridien nous relie à autrui, en nous ancrant du même coup dans la réalité spatiale par sa fonction de repère.

S'atteler à des exégèses qui prennent pour objet l'esthétique celanienne, c'est aussi l'occupation principale de Patrik. Malheureusement, ce dernier ne trouve qu'un maigre réconfort dans l'ésotérisme des interprétations qui peuplent son esprit tourmenté. Cela nous ramène au sens de la désignation de « patient », dont il fait lui-même usage pour se caractériser. Par le biais de cette étiquette, il échappe sans cesse à la première personne du singulier, comme s'il se dissociait, se tenait à l'écart de toutes les actions menées par le « je ». La troisième personne fait alors office de refuge, de « stratégie de survie », à en croire les dires du protagoniste (p. 19). Le mode narratif selon lequel ce roman se déploie, à savoir celui de l'association arborescente d'idées et de scènes, fonctionne comme une analogie avec sa psyché troublée : tout porte à croire que ce personnage erre, divague de tableau en tableau sans but particulier. Plus concrètement, échapper au « je » est une manière pour lui d'éviter la réclusion dans le huis-clos de sa subjectivité ; cette stratégie témoigne à nouveau d'une volonté d'aller à la rencontre d'autrui. Il s'agit d'une sortie hors du « je », d'une tension qui prend l'autre pour asymptote.

Au cours de cette recherche, Patrik voit un sémaphore se profiler à l'horizon. Ce qui lui permet de ne pas sombrer, c'est la bouée de sauvetage que représente l'amitié nouvellement liée avec l'énigmatique personnage de Léo-Éric, qui se révélera être l'« ange » éponyme, dans un de ces retournements finaux qui se retrouvent dans toutes les œuvres romanesques de Tawada (en particulier *L'Œil nu, Le Voyage à Bordeaux* et *Train de nuit avec suspects*). Dans un mouvement vertical, l'image de la noyade cède le pas à celle de l'envol : cette relation lui « donne des ailes », le « *beflügelt* », comme l'indique le texte original allemand, avec la pure transitivité donatrice que contient ce simple préfixe « *be* ». Léo-Éric, aux yeux de Patrik, fait preuve d'une abnégation qui frise la sainteté. Or, quel est le propre de l'ange, quel est son rôle ? On pourrait y voir une figure de médiation, un être qui donnerait sans recevoir lors d'une visite providentielle et bienvenue. C'est l'ange, encore une fois, qui nous permet d'y voir clair en temps troubles, ceux dans lesquels Patrik évolue avec peine, en l'occurrence. Le caractère providentiel de cette visite angélique n'a d'égal que son côté éphémère, à tel point qu'elle peut laisser sur la langue du visité le goût amer de l'illusion. C'est ainsi que la volatilisation littérale de Léo-Éric, à la fin du roman, nous mène à reconsidérer toutes les interactions entre les deux personnages comme le fruit d'une imagination particulièrement abondante. *Deus ex machina,* visite réelle ou hallucination ? Là n'est pas la question, puisque les effets bénéfiques sur le protagoniste sont bel et bien *réels*. De fait, Léo-Éric lui a permis de guérir : « Patrik n'est plus un patient car il a désormais un ami » (p. 86). Il n'en reste pas moins qu'à la fin du roman, le prix à payer pour cette guérison semble être la mort du protagoniste. Est-ce là l'ultime remède ?

Quel est en revanche l'élément précis qui *assainit,* pour ainsi dire, le rapport de Patrik à son monde ? S'il est difficile d'isoler un seul facteur explicatif, nous pouvons tout de même souligner l'importance du *dialogue* qui naît de cette amitié. À cet égard, il est significatif que ce qui confère une structure à la narration, ce sont précisément les scènes de conversation entre Patrik et Léo-Éric. Sur les six chapitres qui constituent ce roman, il y a toujours alternance entre un monologue intérieur et une confrontation dialogique avec autrui. Cette parole, pour ce qu'elle a parfois de léger dans les conversations effectives des deux personnages, n'en est pas moins éprouvée comme une nécessité absolue par le *patient,* qui compte sur la force véritable du dialogue pour le sortir des affres de son esprit troublé. « [P]our que ne s'éteigne pas une amitié à peine commencée, il tient absolument à parler encore une fois à Léo-Éric » (p. 106) : telles sont les pensées de Patrik lorsqu'il pense qu'« on l'enverra peut-être à l'hôpital » *(ibid.).* En lisant Yoko Tawada, la parole se voit conférer une valeur salutaire qui n'a de sens que si l'on comprend sa dimension dialogique, polyphonique.

La parole et le dialogue sont, en définitive, des occurrences d'une voix qui se fait verbe, qui cherche à créer un lien avec autrui par le truchement du langage ; à établir, entre deux rives, un pont dont chaque pierre est un mot. Mais qu'en est-il lorsque la voix se fait chant, air d'opéra ? Ce sont bel et bien des mots qui sont prononcés à nouveau, mais la finalité de cet acte, quant à elle, change. L'air d'opéra est irréductible à une simple somme de mots, de phrases ; ce que l'on en retient, c'est une mélodie capiteuse. « Où commence un mot et où finit-il ? » (p. 105), telle est la question que lance Patrik lorsqu'il entend, dans un songe, le célèbre « Chant à la Lune » composé par Antonín Dvořák en 1900. Y répondre serait impossible, puisque la suite de notes entendues est pur continuum. À l'occasion de cette expérience esthétique, la voix joue à nouveau un rôle de médiation, selon des conditions toutefois nouvelles : la compréhension d'autrui ne se déroule plus sur un plan sémantique, ce n'est plus le sens des mots qui importe, mais la manière dont ils sont prononcés et l'émotion qui les traverse. Autrui nous touche, nous émeut, lorsque la parole cède le pas au chant, à l'enchantement.

Ainsi ce roman – et plus largement l'œuvre de Tawada – peut-il être lu comme l'avènement d'un projet éthique. En filigrane, nous apercevons la volonté de créer un lien avec autrui, coûte que coûte, de le saisir tout en acceptant qu'une saisie totale et exhaustive est vouée à l'échec. L'autre a ses zones de lumière et ses zones d'ombre, une irréductible part de mystère qu'il nous faut accepter. Par conséquent, les différences d'autrui que l'on a coutume de désigner comme des *failles,* son accent ou sa prétendue folie, sont réévaluées à leur juste valeur, à savoir comme une manière proprement différente de percevoir le monde, les choses et l'autre. Dans un essai paru en 2016 dans l'ouvrage *akzentfrei* – littéralement : « sans accent » – l'écrivaine souligne le potentiel poétique que recèle la *différence* d'autrui : « [...] je propose de considérer chaque déviance comme une chance pour la poésie [1] ». L'acceptation inconditionnelle de l'altérité devient ainsi le premier pas vers une poésie éthique, vers une esthétique qui nous permet de mieux appréhender autrui et de lui ménager un espace propre, dédié.

1. Yoko Tawada, « Akzent », *akzentfrei,* Konkursbuch Verlag, 2016, p. 23 ; c'est nous qui traduisons.

Note du traducteur

La traduction littérale du titre original de ce roman de Yoko Tawada serait *Paul Celan et l'ange chinois.* L'autrice ayant déclaré lors d'un entretien qu'elle aurait tout aussi bien pu utiliser « transtibétain », c'est ce mot qui a été choisi. Adjectif sans doute déconcertant, « transtibétain » est un hapax tant en allemand (« *transtibetanisch* ») qu'en français. Il n'apparaît que dans le poème « Quand je ne sais pas, sais pas », du recueil *Soleils de fil,* de Paul Celan, longuement discuté dans le roman. Précédé de l'expression « un mot qui n'a pas de sens » (qui se rapporte cependant à un autre mot du poème), « transtibétain » a pu être interprété comme une allusion à l'expédition allemande au Tibet de 1938, dont les objectifs scientifiques auraient été pour le moins mêlés de considérations raciales, avec le Tibet comme berceau de la race aryenne. Chez Yoko Tawada, et sans exclure cette interprétation, il s'agit d'un au-delà en plusieurs sens du terme.

Les indications sur le lieu, l'époque et les personnages précisées au début du livre sont de l'éditeur.

Cet ouvrage a été achevé d'imprimer en décembre 2022
dans les ateliers de Normandie Roto Impression s.a.s.
61250 Lonrai
N° d'imprimeur : 2205941
Dépôt légal : février 2023
Imprimé en France